Ein Fall für die MOUNTEENS

Band 1

FSC
www.fsc.org
MIX
Papier aus verantwortungsvollen Quellen
Paper from responsible sources
FSC® C105338

Impressum

Illustrationen und Covergestaltung: Natalie Behle

ISBN
978-3-906037-42-4 (Hardcover)
Auch erhältlich als:
978-3-906037-50-9 (Taschenbuch)
978-3-906037-43-1 (ebook)
978-3-03718-671-8 (Hörspiel von BEGIS Medien)

www.boox-verlag.ch
(Mit 1% seiner Einnahmen unterstützt der Verlag eine Umweltschutzorganisation)

Marcel Naas

Berge, Ski und falsche Spuren

Der erste Fall für die MounTeens

boox-verlag

Für Maurice und Cédric

Inhalt

Die MounTeens sind ...

Sam

Samuel Winter, von seinen Freunden Sam genannt, ist für seine dreizehn Jahre gross, kräftig und ein richtig guter Sportler. Er ist stets voller Tatendrang, wagemutig und besitzt einen ausgeprägten Sinn für Gerechtigkeit. Vielleicht liegt das ja daran, dass sein Vater, Wachtmeister Jan Winter, als leitender Polizist in Bad Lärchenberg arbeitet. Seine Mutter Sarah ist Englischlehrerin im örtlichen Sportgymnasium und hofft insgeheim, dass sich Sam in der Schule noch etwas mehr anstrengt, um nicht nur im Eishockey erfolgreich zu sein. Sam hat wilde blonde Locken und blaue Augen. Die vereinzelten Sommersprossen und sein spitzbübisches Lächeln machen ihn unwiderstehlich sympathisch. Sam ist selbstbewusst, spontan und unbekümmert, sodass er sich oft ohne zu überlegen in neue Abenteuer stürzt.

Lena

Lena Sander ist blitzgescheit und gilt als Denkerin der MounTeens. Gemeinsam mit ihren Freunden besucht sie die siebte Klasse in Bad Lärchenberg, wobei sie den Schulstoff eher als lästige Pflicht sieht. Viel lieber stillt sie ihren grossen Wissensdurst, indem sie in ihrer Freizeit das Internet nach allen möglichen Informationen durchsucht. Mit ihren schulterlangen roten Haaren, der frechen schwarzen Hornbrille und ihrem leicht spöttisch wirkenden Gesichtsausdruck gilt Lena als pfiffiger, kaum zu bändigender Wirbelwind. Was andere über sie denken, kümmert sie wenig. Das zeigt sich auch in ihrem ausgefallenen Kleidungsstil. Sie legt sich – zumindest mit Worten – mit jedem an und ist dabei nicht auf den Mund gefallen. Ihre Mutter, Anna Sander, ist alleinerziehend und als Tourismusdirektorin von Bad Lärchenberg zeitlich stark beansprucht, weshalb Lena viele Freiheiten geniesst.

Matteo

Matteo Bertone, kurz »Berti«, ist ausgesprochen hartnäckig – und dies nicht nur beim Fussballspielen, wenn er dem Ball nachjagt. Auch bei den MounTeens kann er sich so richtig in einen Fall verbeissen. Besonders auffallend ist Matteos positive Ausstrahlung – sein allzeit spürbarer Optimismus und die ansteckend gute Laune, welche seine Freunde Matteos italienischen Wurzeln zuschreiben. Mit seinem wachen Blick, den dunkelbraunen Augen und seiner temperamentvollen Art versprüht Matteo jedenfalls viel Charme. Als Einziger der MounTeens wohnt Matteo nicht in Bad Lärchenberg, sondern mitten im Ski- und Wandergebiet, da seine Eltern Claudio und Monica Bertone das Hotel Regina auf der Lärchenalp führen. Matteos Bruder Diego ist bereits achtzehn, was ihn aber nicht daran hindert, seinen Bruder und die MounTeens immer wieder mal tatkräftig zu unterstützen.

Amélie

Amélie Richard ist humorvoll und unkompliziert. Ihr Lachen steckt an und macht sie gepaart mit ihrer herzlichen Art zur unverzichtbaren »Seele« der MounTeens. Amélie ist sehr sportlich, was wenig verwundert, da ihr Vater Tim Richard im Winter als Skilehrer und im Sommer als Bademeister in Bad Lärchenberg arbeitet. Ihrer Mutter Lou Richard hilft sie manchmal im familieneigenen Friseurgeschäft, weshalb sie über Klatsch und Tratsch in der kleinen Bergstadt gut informiert ist. Amélie hat lange blonde Haare, blaue Augen und ist wie alle MounTeens dreizehn Jahre alt. Mit ihrer eher zurückhaltenden und bisweilen ängstlichen Art weckt sie den Beschützerinstinkt der Jungs – insbesondere jenen von Sam. Mit allen MounTeens verbindet sie eine enge Freundschaft, wobei sie sich selbst nicht sicher ist, ob der Begriff »Freundschaft« ihre Gefühle für Sam wirklich treffend beschreibt ...

Saisoneröffnung

Der Schnee stiebte, als Sam seine Ski querstellte und damit die rasante Fahrt abbremste. Er blickte zurück, um seine Carvingspuren zu studieren. Der Innenski war nicht in allen Kurven gleichmässig belastet worden, weshalb der Aussenski am Ausgang der Kurve zum Teil leicht gerutscht war.

Sam schüttelte den Kopf. Es ärgerte ihn, dass er Amélies Tipps nicht sofort hatte umsetzen können. Als ehrgeiziger Sportler war es für ihn sowieso schwierig auszuhalten, dass ausgerechnet ein Mädchen besser Ski laufen konnte als er, auch wenn Amélie als Tochter eines Skilehrers natürlich gewisse Vorteile hatte.

Amélies Können auf der Piste fiel zweifellos auf, vor allem aber war sie das hübscheste Mädchen, das Sam kannte. Mit einer Mischung aus Bewunderung und Neid schaute er deshalb zurück und beobachtete, wie seine Freundin dynamisch die Piste herunterkurvte, bevor sie lachend neben ihm stoppte. »Seine Freundin« hätte er sie selbst wohl nie genannt, aber das war etwas komplizierter. Viele von Sams Freunden fanden es aussergewöhnlich, dass er so viel Zeit mit ihr verbrachte, und gerüchteweise waren sie schon lange mehr als nur Freunde. Tatsächlich war aus ihrer langjährigen Freundschaft – seit sie in der ersten Klasse am ersten Schultag zufällig nebeneinandergesetzt wurden – so etwas wie geschwisterliche Liebe entstanden, aber mehr war da bisher nicht gewesen.

Als Amélie mit ihren langen blonden Haaren, die unter dem Helm hervorlugten, nun allerdings vor ihm stand und ihn anstrahlte, da kribbelte es in Sams Bauch und er musste sich eingestehen, dass für die wohlige Wärme, die sich in ihm ausbreitete, nicht bloss die Wintersonne verantwortlich sein konnte.

»Nicht schlecht gefahren!«, meinte Sam betont gleichgültig, wobei seine Mundwinkel verräterisch zuckten.

Amélie kam ganz nah an ihn heran, sodass sich ihre Skibrillen fast berührten. »Schauen Sie mir in die Augen, Sam Winter, und sagen Sie nochmals ganz ehrlich, was Sie von meinem Fahrstil halten, bitte!« Sie bemühte sich, ernst zu bleiben, doch der fehlende Ärger in ihrer Stimme verriet sie.

»Nun ja, Frau Richard«, führte Sam das Spiel betont sachlich weiter und versuchte dabei, ihre blauen Augen hinter dem Spiegelglas der Skibrille zu fixieren, »bei Ihnen fehlt einfach die nötige Körperspannung.« Er musterte sie von Kopf bis Fuss. »Haben Sie schon mal an gezielten Muskelaufbau gedacht?«

Amélie schnappte kurz nach Luft, und obwohl ein Funke von Zweifel auftauchte, ob Sam das nicht doch ernst meinte, knuffte sie ihn in die Seite und sagte herausfordernd: »Dann zeigen Sie mir doch, inwiefern Ihre Muskeln Ihnen dabei helfen, mich einzuholen.« Mit diesen Worten stiess sie sich mit ihren Skistöcken kraftvoll ab und raste davon.

Sam konnte sich ein Schmunzeln nicht verkneifen. Er liebte es, Amélie ein wenig zu necken, und hielt es auch gut aus, wenn sie ihn ab und zu hochnahm. Während er sich an die Verfolgung machte, fragte er sich, ob Amélie ihn wohl muskulös fand. Ganz zufällig hatte er das Thema schliesslich nicht gewählt.

Als Eishockeyspieler im HC Lärchenberg trainierte er dreimal pro Woche und galt unter den Mitspielern als Energiebündel mit viel Kraft. Sportlich konnte er auch mit den Neuntklässlern mithalten, was für die Akzeptanz unter den Jungs und das Ansehen bei den Mädchen nicht zu verachten war. Seine Kollegen fanden, er sehe aus wie der typische australische Surfer: kräftig aber schlank, mit wuscheligen blonden Haaren und braungebranntem Gesicht. Sam amüsierte dieser Vergleich, schliesslich wohnte er in den Schweizer Bergen.

»Du hast keine Chance!«, rief Amélie über ihre Schulter zurück, während sie in die Hocke ging, um Sam weiter abzuhängen. Sie genoss es, endlich wieder Ski fahren zu können, denn heute war Saisoneröffnung – der erste Samstag im Dezember. Bis Mitte April waren nun wieder alle Bergbahnen in Betrieb. Da die vielen Touristen aber jeweils erst nach Weihnachten anreisten, waren Sam und Amélie an diesem Morgen praktisch alleine auf den Pisten unterwegs gewesen. Beim Ziehen der ersten Spuren auf den frisch präparierten Hängen hatten sie vor Freude jeweils laut gejauchzt.

Aufgeregt und mit einem Lächeln auf den Lippen war Amélie an diesem Morgen erwacht – unsicher, ob sie sich mehr auf das Skifahren oder auf den gemeinsamen Tag mit Sam freute. Zwar besassen die meisten ihrer Freundinnen und Freunde eine Saisonkarte fürs Skigebiet, doch erstens durften die wenigsten ganz ohne Eltern losziehen und zweitens hatte Sam sie bereits vor zwei Wochen gefragt, ob sie die ersten Abfahrten der neuen Saison gemeinsam machen wollten.

Schon lustig, dachte sie nun, dass ihr das wie die Verabredung zu einem ersten Date vorgekommen war, obwohl sie Sam doch schon so lange kannte. Jedenfalls hatte sie tatsächlich etwas Herzklopfen verspürt, als sie sich um neun Uhr an der Talstation der Gondelbahn getroffen hatten.

Sams Eltern liessen ihren Sohn unter der Bedingung, dass er auf dem Handy erreichbar war, alleine ins Skigebiet fahren – auch weil sie wussten, dass er verantwortungsvoll mit der ihm gewährten Freiheit umging. Zudem war ja Amélies Vater, Tim Richard, der im Sommer als Bademeister und im Winter als Skilehrer arbeitete, ebenfalls auf den Pisten unterwegs und notfalls schnell zur Stelle.

Amélie und Sam hatten den Morgen genutzt, um das Skigebiet in der ganzen Breite zu durchqueren. Es war ihr erklärtes Ziel gewesen, alle vierzehn Anlagen mindestens einmal benutzt zu haben, bevor sie sich mit Amélies Vater zum Mittagessen treffen wollten.

Mit einem langgezogenen Linksschwung bog Amélie nun auf die Piste zur Lärchenalp ein, wo mehrere Hotels und Ferienhäuser auf knapp zweitausend Metern über Meer so etwas wie ein kleines Dorf bildeten. Die Lärchenalp war rund achthundert Meter höher gelegen als Bad Lärchenberg und im Winter ausschliesslich mit der Gondelbahn erreichbar. Nur wenige Einheimische wohnten dauerhaft hier oben, aber die über dreihundert Gästebetten sorgten dafür, dass auf dem Hochplateau knapp oberhalb des Lärchenwaldes in der Hauptsaison emsiges Touristen-Treiben herrschte.

Amélie freute sich auf das Mittagessen unten auf der Alp und lachte siegessicher, nachdem sie sich mit einem kurzen Blick zurück vergewissert hatte, dass Sam kaum nähergekommen war. Sie konzentrierte sich wieder auf die Piste und liess ihre Ski gleiten.

Sam ging noch tiefer in die Hocke, um den Luftwiderstand zu verringern, doch als er nun ebenfalls die Lärchenalp weiter unten auftauchen sah, wurde ihm klar, dass er Amélie nicht mehr einholen würde – und vor allem, dass er Hunger hatte.

War das nun ein Knurren im Magen gewesen oder hatte sein Handy vibriert? »Amélie, warte!«, rief Sam, doch bei diesem Tempo und dreissig Metern Vorsprung konnte sie ihn nicht hören. Sams Neugierde siegte und er hielt an, um aufs Display zu schauen. Seltsam! Matteo hatte offenbar schon fünfmal versucht, ihn auf dem Handy zu erreichen. Was war denn los? Mit einem Stirnrunzeln wählte er die Nummer seines besten Freundes und blickte Amélie nach, die elegant über eine kleine Geländekuppe sprang und aus seinem Blickfeld verschwand.

»Wo seid ihr?« Matteo klang aufgewühlt.

»Was ist los?«, fragte Sam alarmiert.

»Kommt schnell, Lena ist schon hier ... schlimm ... Dirk ... Polizei.« Die Verbindung wurde immer schlechter und Sam schnappte nur noch Gesprächsfetzen auf.

»Wir sind in fünf Minuten da!«, schrie er in sein Handy, auch wenn er wusste, dass die Lautstärke gegen die mangelnde Verbindungsqualität eigentlich nicht half. Hastig steckte er sein Handy ein, und während er seine Ski so schnell wie möglich laufen liess, fragte er sich voller Sorge, was bei Dirk Beermann, dem neuen Pächter des Hotels Montana, wohl vorgefallen sein mochte.

Bloss ein Streich?

Amélie wunderte sich. Wo Sam nur geblieben war? Mit zwei kurzen Schwüngen bremste sie die rasante Fahrt ab, bevor sie neben der Skischulhütte auf der Lärchenalp ganz anhielt, um auf ihn zu warten.

Sie schaute sich um. Noch herrschte hier beim Sammelplatz der Skischule Ruhe, denn am Saisoneröffnungswochenende wurden keine Schülerinnen und Schüler unterrichtet.

Amélies Vater, der an diesem Morgen mit der Leiterin der Skischule den Einsatzplan für die bevorstehende Saison besprochen hatte, trat aus der Tür. Tim Richard – sonst stets gut gelaunt – wirkte ungewohnt ernst.

»Ist alles okay, Papa?«, fragte Amélie.

»Hallo Liebes«, ihr Vater nahm sie kurz in die Arme, »hast du es noch nicht gehört?«

»Was denn?« Wenn ihr Vater sie »Liebes« nannte, wollte er ihr wohl etwas schonend beibringen. »Sag schon!«

»Komm, ich zeige es dir. Wir wollten ja sowieso zum Mittagessen ins Montana gehen.«

Amélie blickte zu ihrem Lieblingsrestaurant hinüber und bemerkte, dass auf der Terrasse auffällig viele Leute standen und die Fassade anstarrten. »Papa, was ist passiert?«

Tim Richard seufzte, während er seine Tochter mit einer Kopfbewegung aufforderte, ihm zu folgen. »Heute Morgen hat Dirk an der Fassade seines Hotels einen üblen Spruch entdeckt. Jemand hat ›Hau ab, Ausländer!‹ an die Wand gesprayt und du kannst dir ja vorstellen, wie tief das Dirk getroffen hat! Ich hoffe mal, es ist nur ein dummer, unüberlegter Streich.«

Amélie schluckte leer. Das durfte doch nicht wahr sein! Konnte die unmissverständliche Aufforderung wirklich Dirk Beermann gelten – einem Deutschen, der in der Schweiz wohnte – oder war sie an ausländische Touristen gerichtet? Dirk war doch ein feiner Kerl, der keiner Fliege etwas zuleide tun konnte. Und auf die Touristen war man in Bad Lärchenberg dringend angewiesen. Wer konnte so etwas gesprayt haben? Und weshalb?

Tim hatte weitergesprochen, aber Amélie hörte ihrem Vater nicht mehr zu, weil sich die Gedanken in ihrem Kopf überschlugen. Hatte Dirk Feinde oder war die Fassade des von ihm gepachteten Hotels nur zufällig Ziel des Anschlages geworden, weil man darauf die Botschaft von Weitem sehen konnte?

Beim Näherkommen erkannte sie unter den Personen vor dem Hotel ihre Freunde Lena und Matteo und aus den Augenwinkeln sah sie, dass nun auch Sam auf den Ski angebraust kam. In der ganzen Aufregung hätte sie ihn beinahe vergessen. Ihr Hochgefühl über das gewonnene Rennen war längst verflogen. Erleichtert stellte sie fest, dass Sam den Treffpunkt bei der Skischule offenbar ausgelassen hatte und direkt zum Hotel Montana gefahren war.

»Sam, hierher!«, rief sie ihm zu und winkte.

Er stoppte gleich neben ihr, sprang regelrecht aus der Bindung und rannte – so gut es mit Skischuhen ging – Richtung Terrasse. Amélie war zu verwirrt, um sich zu fragen, wie er gewusst haben konnte, wo sie sich alle treffen würden, eilte ihm aber hinterher, während sie ihrem Vater zurief, dass sie nun wirklich keinen Hunger mehr habe und erst mit ihren Freunden sprechen müsse.

Tim schaute seiner Tochter verdutzt nach und wollte erst etwas erwidern, entschied dann aber, mit einer resignierenden Geste des Winkens sein Verständnis zu signalisieren. Er hatte gewusst, dass seine Tochter emotional reagieren würde, denn für Amélie und ihre Freunde war Dirk schon ein väterlicher Freund gewesen, als er noch unten in Bad Lärchenberg den Kiosk beim Eishockey-Stadion geführt hatte. Seit er nun aber hier oben Hotelier geworden war, gingen sie bei ihm ein und aus und hatten in einem der Angestellten-Zimmer so etwas wie ein »Geheimversteck« eingerichtet. Eigentlich war es Sams Zimmer. Er hatte die ganzen Sommer- und Herbstferien damit verbracht, Dirk bei verschiedenen Arbeiten im Hotel zu helfen, sodass Dirk es angemessen fand, ihn wie andere Angestellte zu behandeln. Er hatte ihm deshalb bis auf Weiteres ein kleines Zimmer unter dem Dach überlassen, das sowieso nicht an Hotelgäste hätte vermietet werden können. Zwar hatte Sam bisher noch nie auf der Lärchenalp übernachtet, doch so konnte er sich wenigstens in die »Zimmerstunde« zurückziehen und sich ausruhen, wenn er jeweils an den Wochenenden im Service aushalf.

Amélie und Sam bogen um die Hausecke und blieben wie angewurzelt stehen. Fassungslos blickten sie auf den gesprayten Spruch, der sich auf Augenhöhe über fast die ganze Länge der Hotelfassade erstreckte.

»Um Himmels willen«, entfuhr es Sam, »wer hat das getan?«

Matteo und Lena hatten ihre Freunde entdeckt, liefen zu ihnen und beeilten sich, Sam und Amélie so schnell wie möglich auf den neusten Stand zu bringen.

Matteos Eltern hatten als Besitzer des benachbarten Hotels Regina die Aufregung bereits früh morgens mitbekommen. Gegen halb acht war Dirk offenbar von einem Mitarbeiter des Pistendienstes darauf hingewiesen worden, dass sein Hotel beschmiert worden war. Kurz darauf musste er die Polizei angerufen haben, denn diese war um halb neun bei Matteos Eltern aufgetaucht, um sie zu fragen, ob ihnen etwas Verdächtiges aufgefallen sei. Matteo, der gerade erst aufgestanden und zur Küche geschlurft war, hatte sich verwundert die Augen gerieben, als er dort nicht nur seine Eltern, sondern auch Wachtmeister Winter – Sams Vater – und einen weiteren Polizisten angetroffen hatte.

»Stellt euch meinen Schock vor«, sprudelte es nun aus Matteo hervor, »als die Polizei von der Sache hier berichtete und meine Eltern fragte, wo sie sich in der Nacht und am frühen Morgen aufgehalten hätten.«

»Da wäre ich auch erschrocken«, sagte Amélie mitfühlend und legte ihm die Hand auf die Schulter.

»Ich glaubte, im falschen Film zu sein. Wurden meine Eltern wirklich verdächtigt, mit dem hier« – Matteo zeigte auf die beschmierte Fassade – »etwas zu tun zu haben?«

Auch jetzt, da er seinen Freunden von den Ereignissen des Morgens berichtete, war Matteo immer noch erschüttert darüber, dass seine Eltern nicht nur als Zeugen, sondern auch als Verdächtige befragt worden waren.

»Matteo, das heisst doch noch lange nicht, dass die Polizei deine Eltern für schuldig hält«, versuchte ihn Lena zu beruhigen. »So etwas gehört einfach zur polizeilichen Routine.«

»Was willst du damit sagen?«, entgegnete Matteo unsicher.

»Die gehen immer so vor«, meinte nun Sam. »Bitte nimm es meinem Vater nicht übel, dass er das auch bei deiner Familie so tun musste.«

»Natürlich, ist schon klar«, lenkte Matteo nun ein. »Nur gut, dass meine Eltern nicht in der Gaststube befragt wurden. Das hätte bei unseren Hotelgästen wohl keinen guten Eindruck hinterlassen.«

»Bei aller Sorge um deine Eltern, Matteo, frage ich mich aber vor allem, wie es Dirk geht«, sagte Sam etwas harscher als beabsichtigt. Natürlich fühlte er auch mit seinem Freund Matteo, aber das Mitleid galt in erster Linie dem Opfer – Dirk Beermann.

Matteo schaute seinen Freund erst ungläubig an, dann kochte die Wut hoch. »Glaube ja nicht, mir sei Dirk egal!«, schnaubte Matteo, der Sams versteckte Kritik sehr genau gespürt hatte. »Was meinst du, wohin ich sofort gelaufen bin? Ich war einer der ersten auf Dirks Terrasse. Er stand ganz traurig da und ich versuchte ihn irgendwie zu trösten. Dann rief ich euch alle an, doch ausser Lena erreichte ich ja niemanden. Lena ist gleich mit der nächsten Gondel hochgefahren und wir haben versucht, Spuren im Schnee zu verfolgen oder vielleicht in irgendeinem Mülleimer hier auf der Alp eine leere Spraydose zu finden. Zudem ...«

»Lass gut sein, Matteo«, sagte Amélie beschwichtigend, »keiner von uns wollte behaupten, du seist untätig gewesen und hättest dir bloss selbst leidgetan.« Beim Wort »keiner« bedachte sie Sam mit einem unmissverständlich strengen Blick, worauf diesem erst bewusst wurde, dass er Matteo verletzt hatte.

»Entschuldige«, sagte Sam deshalb in freundschaftlichem Ton, »so wars nicht gemeint.« Er rieb sich die Schläfen. »Ich bin etwas gereizt, weil mir das alles hier oben so viel bedeutet.«

»Ist schon okay, Sam. Ich bin ja selbst etwas von der Rolle.« Matteo zeigte sich schnell wieder besänftigt. Das war typisch für sein südländisches Temperament – manchmal aufbrausend und schnell beleidigt, im Prinzip aber äusserst grossherzig und dazu gnadenlos loyal gegenüber Familie und Freunden. »Schauen wir lieber, dass wir hier helfen können!«

In diesem Augenblick trat Dirk Beermann aus der Tür. Er wirkte niedergeschlagen und hatte den Blick auf den Boden gerichtet – wohl auch, um den Spruch an der Hauswand nicht ansehen zu müssen.

»Dirk tut mir leid«, sagte Lena mitfühlend. »Heute Morgen hat er noch etwas optimistischer gewirkt. Er versuchte sich einzureden, dass sein Hotel zufällig ausgewählt wurde. Nachdem ihn die Polizei vernommen hat, muss ihm aber klargeworden sein, dass dies womöglich kein Streich von ein paar Jugendlichen war, sondern, dass er auch Feinde haben könnte.«

»Oder vielleicht beides«, murmelte Sam vieldeutig. »Jugendliche Feinde.«

»MounTeens« – ein Name wird gefunden

»Wie hast du das vorher mit den ›jugendlichen Feinden‹ gemeint, Sam?«, fragte Lena, sobald die vier Freunde die Tür zu Sams Zimmer im Hotel Montana hinter sich geschlossen hatten.

Lena war wie Sam ebenfalls oft ungeduldig und voller Tatendrang. Ihre schulterlangen roten Haare, die grünblauen Augen und die schwarze Hornbrille im Gesicht verliehen ihr ein nicht alltägliches Aussehen, womit sie auch gerne kokettierte; sie gefiel sich in der Rolle des etwas ausgefallenen, intelligenten Mädchens, das selbstbewusst und oft herausfordernd auftrat.

Sam hatte darauf bestanden, seinen Verdacht erst zu äussern, wenn sich keine anderen Leute mehr in Hörweite befanden. Er setzte sich neben Amélie aufs Bett, das den halben Raum ausfüllte, während sich Lena den einzigen Stuhl im Zimmer schnappte. Matteo stand gedankenverloren am Fenster und schien die Aussicht auf die verschneiten Berge der gegenüberliegenden Talseite und das weit unten erkennbare Städtchen Bad Lärchenberg nicht wahrzunehmen.

»Ich will niemanden anschwärzen – es ist alles reine Spekulation.« Sam schien noch mit sich zu ringen, aber nun musste er es seinen Freunden erzählen.

»Ihr wisst ja«, begann Sam zögerlich, »dass Dirk mein Eishockeytrainer ist.«

»Worauf willst du hinaus?«, drängte Lena.

»Bitte versprecht mir, dass ihr das niemandem sagt. Ich habe den Verdacht, dass Tom und Alex aus meiner Mannschaft Dirk richtig böse sind, weil er sie selten spielen lässt. Zwar wissen alle, dass die beiden nicht die besten Eishockeyspieler sind, doch Alex und Tom wollen das nicht wahrhaben. Sie schwänzen immer wieder mal die Trainingseinheiten am Dienstag- und Donnerstagabend und glauben trotzdem, Dirk müsste sie für die Matches aufbieten. Sie denken wohl, weil sie schon in die neunte Klasse gehen und körperlich stark sind, sei das Team auf sie angewiesen. Diese Stinkstiefel mag aber niemand. Erst gerade vorgestern haben sie nach dem Training beim Umziehen gesagt, Dirk sei ein Vollidiot und es geschehe ihm ganz recht, wenn er auf die Mütze kriege. Dirk hat das wahrscheinlich sogar mitbekommen. Wir anderen haben natürlich gedacht, sie meinten nur das nächste Eishockeyspiel, aber glaubt mir, da könnte auch mehr dahinterstecken. Die haben vielleicht wirklich versucht, Dirk eins auszuwischen.«

»Du meinst jetzt echt, Alex und Tom haben beschlossen, Dirks Wand zu besprayen, um ihn zu ärgern?«, fragte Lena mit zusammengekniffenen Augen und liess die anderen ihre Zweifel spüren. »Warum hätten sie denn einen ausländerfeindlichen Spruch wählen sollen?«

»Es ist ja kein Geheimnis, dass sie und ein paar andere Jungs aus der neunten Klasse etwas gegen Ausländer haben«, mischte sich Matteo nun ein. »Die nennen auch mich ›Italo‹, obwohl meine Eltern schon lange eingebürgert sind und ich von Geburt an Schweizer bin.«

»Deppen!«, schimpfte Lena, deren Mutter als Tourismusdirektorin von Bad Lärchenberg schon von Berufes wegen eine ganz andere Einstellung hatte. Für sie waren Ausländerinnen und Ausländer in erster Linie Gäste. Und wenn sie keine zahlenden Touristen waren, dann wenigstens gastfreundliche Arbeitskräfte in der Tourismusbranche. Probleme mit Migrantinnen und Migranten wurden am Familientisch der Sanders zwar nicht ignoriert, aber eher ausgeblendet. Ganz anders bei Sam zuhause. Wachtmeister Winter hatte oft mit Menschen aus fremden Kulturen zu tun – sie waren sowohl Opfer als auch Täter – und Sams Vater wurde nicht müde zu betonen, dass die Kriminalität nicht mit dem Ausländer-Sein an sich, sondern mehr mit Armut, Bildungsungleichheit und sozialer Randständigkeit zu tun habe. Er sagte dann jeweils, dass es die Umstände seien, welche die Menschen – Ausländer oder Schweizer – zu Straftaten bewegen würden und nicht die Zugehörigkeit zu einer bestimmten Religion oder Nation.

Lena beendete ihre Schimpftirade gegen die Jungs aus der neunten Klasse mit ihrem Lieblingsspruch, den sie auch für ihr Profil bei verschiedenen sozialen Medien als Motto gewählt hatte: »Wir sind alle Ausländer – fast überall!«

»Du hast recht, Lena«, pflichtete ihr Amélie bei. »Diese Idioten aus der 9A haben nicht viel in der Birne und denken nicht über ihren Tellerrand hinaus. Aber glaubst du wirklich, dass Leute von hier auch Deutsche als Ausländer ansehen? Die sprechen doch sogar unsere Sprache! Kann dieser ausländerfeindliche Spruch also tatsächlich gegen Dirk gerichtet sein?«

»Und ob! Mein Vater sagt immer: Der Drang, sich gegen andere abzugrenzen, ist grösser, wenn man ihnen gleicht.« Matteo konnte dieser Feststellung auch einige Beispiele folgen lassen, denn in der Gaststube des Hotels kam es oft vor, dass sich einheimische Gäste lautstark über deutsche Mitbürger beklagten. »Das wirklich Fremde hat immer einen gewissen Reiz, sagt meine Mutter. Es gilt als exotisch und interessant. Das allzu Ähnliche hingegen ist einfach nur ärgerlich.«

»Berti, das kann ja alles sein, hilft uns jetzt aber auch nicht weiter«, unterbrach ihn Sam freundschaftlich. »Lass uns lieber konkret fragen, wer so etwas auf Dirks Fassade sprayen könnte.« Er schaute in die Runde. »Wir müssen doch etwas tun, oder?«, fragte er sicherheitshalber nach, worauf die anderen entschieden nickten.

Sams Tatendrang und ausgeprägter Gerechtigkeitssinn waren seinen Freunden bekannt. Nichts ärgerte ihn mehr als Unfairness im Sport oder wenn ältere Schüler auf jüngere losgingen, weshalb er sich auf dem Schulhof auch schon mal mit seiner Körperkraft für Recht und Ordnung einsetzte. Dass Sam nun auch Dirk um jeden Preis helfen wollte, verstand sich also von selbst, doch was konnten die vier Freunde tun, was nicht Aufgabe der Polizei war?

»In diesen Detektivbüchern für Kinder geht es doch immer um eine Bande, die sich zuerst einen Namen gibt und dann auf Verbrecherjagd geht«, witzelte Lena.

Sam nahm den Gedanken auf, ohne die Ironie zu erkennen. »Wir sind aber keine Kinder mehr, oder? Und eine Bande sind wir auch nicht wirklich. Aber für uns vier einen Namen zu haben, fände ich trotzdem cool. Schliesslich sind wir doch wirklich verschworene Freunde, die zusammen ein paar Nachforschungen anstellen könnten.« Sams Augen glänzten beim Gedanken daran, Dirk und der Polizei zu helfen. Matteo war ebenfalls begeistert von der Idee und schon dabei, im Kopf erste Namen zu formen. Nur die Mädchen waren noch skeptisch.

»Diese Banden wohnen immer in amerikanischen Städten und nicht in den Schweizer Bergen«, spottete Lena, »und sie nennen sich ›Die vier Actionkids‹ oder ähnlich einfallslos.« Matteo fühlte sich ertappt. Tatsächlich hatte er bereits an »Mountain Kids« gedacht.

»Also, Kids sind wir nun wirklich nicht mehr, sondern Teenager, sagt meine Mutter.« Amélie schien sich nun doch auch an der Namenssuche beteiligen zu wollen.

»Das schreibt sich übrigens wie ›Tee-Nager‹, hat aber weder mit dem heissen Getränk noch mit Nagetieren zu tun«, fügte Lena an. Sie hatte ihr Handy gezückt. Nun, wo es etwas nachzuschlagen gab, war auch sie mit von der Partie. »Junge Leute zwischen dreizehn und neunzehn Jahren werden ›Teenagers‹ genannt, weil in der englischen Sprache die Zahlen zwischen dreizehn und neunzehn auf ›teen‹ enden. ›Ager‹ heisst so viel wie ›Altrige‹, also eigentlich ›Dreizehn-bis-Neunzehnaltrige‹.«

»Wir sind alle dreizehn – also Teenagers«, stellte Matteo zufrieden fest und fügte bereits wieder an einen Namen denkend an: »Mountain-Teenagers.«

»Das ist es!«, rief Sam aufgeregt. »Nennen wir uns doch Mountain-Teens!«

»Ist noch zu lang«, bemerkte Lena kritisch, während sie fieberhaft weiterdachte. »Wie wärs mit MounTeens?«

Verfolgungsjagd auf dem Schlittelweg

»Damit ist nun aber noch nicht viel gewonnen.« Lena war die Erste, die nach der Freude über den Namen, der sofort allen gefallen hatte, wieder auf die Euphoriebremse trat. »Mal ehrlich, Leute, es ist doch kindisch zu glauben, dass ein Name irgendetwas hilft oder dass wir nun die Täter finden werden«, dämpfte Lena die Stimmung weiter.

»Es sei denn, es bietet sich eine erste Spur«, wandte Matteo unvermittelt ein, während er wie angewurzelt dastand und aus dem Fenster starrte. Die anderen drängten sich neben ihn und folgten seinem Blick.

»Alex und Tom! Das ist bestimmt kein Zufall.«

Tatsächlich standen die zwei Jungs mit ihren Lenkschlitten grinsend vor der Terrasse und schauten Richtung Hoteleingang. Fast schien es, als würden sie ihre Schadenfreude bewusst offenkundig zur Schau stellen und Dirk durch ihr nun unverhohlenes Lachen verhöhnen.

»Jetzt reicht es aber!« Sam ballte die Fäuste, drehte sich um und rannte aus dem Zimmer.

»Wohin gehst du?«, rief Amélie besorgt hinterher. Er wollte sich doch nicht etwa mit zwei Fünfzehnjährigen schlagen?

Matteo beschloss, Sam zu folgen, um ihn zu bremsen – oder notfalls auch tatkräftig zu unterstützen. Einen guten Freund liess man schliesslich nicht im Stich. Er nahm zwei Stufen auf einmal, um Sam einzuholen, doch dieser war schon zwei Stockwerke tiefer, wo er die Tür zur Gaststube aufstiess und beinahe mit Dirks Freundin, Melanie Walker, zusammengeprallt wäre.

»Sam, warte! Kann ich dir helfen?« Melanie hatte versucht, ihn am Ärmel zu packen, aber Sam war bereits an ihr vorbeigestürmt. Sie schüttelte den Kopf und überlegte gerade, ob sie die Verfolgung aufnehmen wolle, als die Tür erneut aufflog und Matteo ungebremst in sie hineinrannte. Beide fielen unsanft zu Boden.

»Entschuldige, aber ich muss Sam stoppen. Hast du dir wehgetan?« Matteo hatte sich bereits wieder hochgerappelt und half Melanie ebenfalls auf die Beine.

»Geht schon. Was ist denn in Sam gefahren?«

»Er will jemanden zur Rede stellen. Details später.« Matteo wollte keine Zeit verlieren und sprintete los. Er flog förmlich über die Terrasse und erwartete jeden Moment den Anblick eines wilden Kampfes zwischen Sam, Tom und Alex – doch da war niemand mehr.

»Berti!« Amélie und Lena standen immer noch oben am geöffneten Fenster und winkten ihm aufgeregt zu. »Alex und Tom sind bereits Richtung Schlittelweg verschwunden, bevor Sam unten war. Er hat sie nicht mehr gesehen und ist in die andere Richtung gerannt.«

Matteo deutete mit einem Daumen nach oben an, dass er verstanden hatte, während er schon in Bewegung war. Er musste nicht lange suchen.

Kaum war er zuhause beim Hotel Regina angekommen, als Sam mit hochrotem Kopf um die Hausecke geschossen kam. Matteo hielt ihn auf. »Alex und Tom sind bereits auf dem Schlittelweg nach Bad Lärchenberg.«

»Worauf warten wir also noch? Schnell, Berti, lass uns die Verfolgung aufnehmen!«

Noch bevor Matteo antworten konnte, hatte Sam die Tür zur Hotelgarage geöffnet, wo das hauseigene Raupenfahrzeug der Bertones parkiert und die Leih-Schlitten für die Gäste verstaut waren.

Sie schnappten sich zwei Snowracer – also Schlitten, die neben zwei breiten Gleitkufen eine dritte mit einem Steuerrad verbundene Kufe haben – und rannten los.

Der acht Kilometer lange, von Pistenfahrzeugen präparierte Waldweg von der Lärchenalp hinunter nach Bad Lärchenberg war eine der grossen Attraktionen der Region. Der Start des Schlittelweges war dank der Gondelbahn ohne Anstrengung zu erreichen und sowohl Touristen als auch Einheimische liebten das rasante Vergnügen. Wer in Bad Lärchenberg aufwuchs, besass einen Lenkschlitten und kannte die Strecke wie seine Westentasche.

Matteo und Sam waren beim Hotel Arvenhof angekommen, hinter welchem der Weg für die Schlittler genug steil wurde. Mit Anlauf stürzten sie sich auf ihre Snowracer und nahmen die Verfolgung auf. Gekonnt steuerten sie durch die ersten Kurven – von Tom und Alex war weit und breit nichts zu sehen.

Mit zusammengebissenen Zähnen und grimmigem Blick duckte sich Sam hinters Steuerrad des Lenkschlittens, um das Tempo weiter zu steigern. Matteo hatte Mühe zu folgen und wollte Sam gerade zurufen, dass es doch sowieso keinen Sinn habe, wie die Irren hinunterzurasen, als sie um eine Haarnadelkurve bogen und auf der langen Geraden vor sich Alex und Tom erkannten. Nun waren sie nicht mehr zu halten. Mit waghalsiger Geschwindigkeit brausten sie durch den verschneiten Lärchenwald und nahmen die drei Kurven nach der Geraden ohne abzubremsen, sodass sie wenig später zu Tom und Alex aufgeschlossen hatten.

»Anhalten!«, schrie Sam in voller Fahrt.

»Wieso sollte ich?«, rief Tom über seine Schulter. »Versuche doch, mich einzuholen!«

Sam fluchte vor sich hin und nahm die Herausforderung wild entschlossen an, während Matteo sah, dass Alex am Wegrand anhielt, worauf er seinen Schlitten neben ihm ebenfalls zum Stillstand brachte. Gebannt schauten sie zu, wie ihre zwei Freunde weiterfuhren. Sam war inzwischen auf gleicher Höhe mit Tom und kickte mit dem Fuss nach dessen Schlitten, um Tom aus dem Gleichgewicht zu bringen. Tatsächlich schlenkerte der Snowracer nun bedrohlich.

»Spinnst du?«, rief Tom aufgebracht.

»Warte, ich krieg dich schon.« Dieses Mal wartete Sam, bis er Tom mit den Händen fast berühren konnte, bevor er von seinem

Schlitten sprang, um Tom mit beiden Armen zu umklammern. Dieser versuchte noch, sich an seinem Steuerrad festzuhalten und Sam abzuschütteln, doch dann siegte die Schwerkraft und beide landeten hart im Schnee, bevor sie sich mehrfach überschlugen.

Tom wusste nicht, wie ihm geschah. Kaum hatte er sich vom ersten Schreck erholt, als Sam bereits über ihm war, ihn am Kragen packte und auf den Rücken drehte.

»Verdammt, Sam!«, keuchte Tom. »Bist du übergeschnappt?« Er versuchte sich loszureissen und schlug wild um sich. Sam aber setzte sich rittlings auf Tom und drückte dessen Arme mit voller Kraft auf den Boden.

»Was habt ihr getan, ihr elenden Idioten?« Sam hatte sich vor Wut kaum mehr unter Kontrolle, was ihm Bärenkräfte verlieh. Tom war noch immer so perplex, dass er auf die Beleidigung nicht reagierte und stattdessen fieberhaft überlegte, wovon Sam überhaupt sprach. Dass Tom nichts sagte, machte Sam noch wütender. Er fixierte Toms linken Arm mit seinem rechten Knie, um den eigenen Arm wieder frei zu haben. »Sag schon, oder ich hau dir eine rein!«, drohte er und wollte gerade zu einem gezielten Faustschlag ansetzen, als er vom herbeigeeilten Matteo zurückgehalten und weggerissen wurde.

»Sie waren es nicht, Sam! Hör auf!«

Sam wehrte sich noch einen Moment gegen Matteos Klammergriff, dann schienen seine Kräfte plötzlich nachzulassen. Er rollte sich auf den Rücken und blieb schwer atmend liegen.

»Was waren wir nicht?«, fragte Tom wütend. Am liebsten hätte er sich für Sams Angriff gerächt und sich auf ihn gestürzt, doch Alex hielt ihn zurück.

»Easy, Jungs! Jetzt beruhigt euch erst einmal.« Matteo sprach mit ruhiger Stimme. »Hört zu, wir dachten erst, ihr wärt für die Schmierereien auf Dirks Fassade verantwortlich. Deshalb sind bei Sam auch die Sicherungen durchgebrannt.« Er bedachte seinen Freund mit einem kurzen Seitenblick, um ihm zu signalisieren, dass er nicht protestieren solle. »Alex hat mir aber eben erzählt, dass die neunte Klasse erst heute Morgen von ihrem zweitägigen Ausflug nach Zürich zurückgekehrt ist. Die waren heute Nacht also nicht hier.«

»Unsere Klasse hat bei einem Wettbewerb einen Besuch im Fernsehstudio gewonnen«, präzisierte Alex und versuchte, wie Matteo bewusst ruhig zu sprechen, damit sich die erhitzten Gemüter ihrer Freunde etwas abkühlen konnten. »Gestern Abend konnten wir nach der Führung hinter den Kulissen zudem bei einer Live-Sendung dabei sein. Danach hätte es nicht mehr gereicht, den letzten Zug nach Bad Lärchenberg zu erwischen. Deshalb hat Herr Ludwig – ihr kennt ihn doch, unseren Deutschlehrer? – eine Übernachtung in der Zürcher Jugendherberge gebucht.«

Sam hörte angespannt zu und fühlte sich zunehmend unwohl in seiner Haut. Es war offensichtlich nicht von der Hand zu weisen, dass dies einem hieb- und stichfesten Alibi gleichkam. Er strich sich durch die blonden Locken und blickte verlegen zu Boden, bevor er sich einen Ruck gab und Tom und Alex nacheinander die Hand reichte. »Entschuldigt, aber ich habe euch vor der Hotelterrasse lachen sehen und wusste ja, dass ihr Dirk nicht leiden könnt – da dachte ich ...«

»Nun mal alles der Reihe nach, ja?«, unterbrach ihn Tom. »Du hast wirklich gedacht, wir hätten Dirks Hauswand versprayt?« Er schüttelte den Kopf. »Mal ganz abgesehen davon, dass ich so etwas nie tun würde, stimmt es eben auch nicht, dass wir Dirk nicht mögen. Wir hatten nur eine Meinungsverschiedenheit. Dirk hat uns übrigens gestern Abend aufs Handy angerufen, um nochmals übers Donnerstagstraining zu sprechen. Wir fanden das beide wirklich cool von ihm und haben uns auch entschuldigt. Er sagte uns, wir dürften beim nächsten Match wieder spielen, weshalb wir heute vor der Schlittenfahrt noch kurz bei ihm im Hotel vorbeischauten, um uns zu bedanken. Frag ihn selbst!«

Sam wäre am liebsten im Boden versunken. Wie hatte er nur so blindwütig jemanden für schuldig halten können? »Und warum habt ihr dann gelacht?« Er klammerte sich an den letzten Rest seiner einstigen »Theorie«.

»Beim Hoteleingang hat sich so eine aufgedonnerte Touristin lautstark über die schlechte Bedienung auf der Terrasse beschwert, obwohl sie doch gesehen haben musste, dass heute alles drunter und drüber ging. Melanie stand im Rücken der Dame, hat uns zugezwinkert und sie dann voll lustig nachgeäfft – natürlich, ohne dass diese das merkte. Ihr hättet Melanie sehen müssen. Das Ganze war zum Schreien komisch.«

Sam wusste, dass er bei Dirk und Melanie zur Sicherheit nochmals nachfragen würde, aber eigentlich war ihm klar, dass eine solche Geschichte nicht erfunden sein konnte. Er hatte sich getäuscht, dabei aber auch etwas gelernt: In Zukunft würden die MounTeens – und er im Besonderen – zuerst denken und dann handeln. »Sorry, Tom, kannst du mir meinen Angriff verzeihen?«, murmelte Sam deshalb kleinlaut.

Zu seiner Überraschung grinste sein Eishockeygefährte aus der neunten Klasse und boxte ihm kollegial in den Oberarm. »Na ja, Mut und Kampfgeist hast du jedenfalls! Wenn wir wieder zusammen Eishockey spielen, bin ich froh, dich in meiner Mannschaft zu haben.« Nun lachten alle vier, stiessen wie bei einem Handschlag die Fäuste gegeneinander und begruben mit dieser freundschaftlichen Geste das Kriegsbeil endgültig.

Befragung in der Gondelbahn

Nachdem Sam Amélie angerufen hatte, um ihr mitzuteilen, dass die Neuntklässler definitiv als Verdächtige ausgeschlossen werden konnten, nahmen Matteo und er die letzten Kilometer des Schlittelweges unter die Kufen. Die Lärchen, die der Stadt ihren Namen verliehen hatten und ihr bis heute Schutz vor Lawinen boten, waren tief verschneit. Jede andere Fahrt durch diese zauberhafte Winterlandschaft hätte Sam und Matteo Spass bereitet, heute aber waren ihre Gedanken bei Dirk und sie beeilten sich, möglichst schnell zur Talstation zu kommen, um mit der Gondel wieder zur Lärchenalp hochzufahren.

Lena und Amélie hatten sich auf der Terrasse des Hotels Montana an einen Tisch gesetzt, den Schriftzug betrachtet und darüber nachgedacht, wie die MounTeens nun weiter vorgehen sollten. Lena hatte vorgeschlagen, alle möglichen Verdächtigen und ihre Motive auf ein Blatt Papier zu schreiben.

»Was denkst du, haben wir nun alle beisammen?« Amélie überflog Lenas Notizen.

»Ich weiss nicht«, sagte Lena. »Im Prinzip sind das ja einfach die Hoteliers der Lärchenalp – inklusive Matteos Eltern.«

»Ja, und die Motive wären bei allen dieselben, oder? Im weitesten Sinn geht es immer um Neid oder ums Geld.« Amélie liess ihren Blick gedankenverloren über die Lärchenalp schweifen.

Neben Dirks Hotel Montana gab es den Arvenhof von Sven Halmstad, Paul Mansers Hotel Alpenblick und das Hotel Regina von Matteos Eltern. Die Hotels und die Skischulhütte lagen auf dem kleinen Hochplateau – direkt neben den Skianlagen, während die Ferienhäuser knapp unterhalb der Alp wie Perlen auf einer Schnur aufgereiht waren. Die Hotels beherbergten bereits einzelne Gäste, die Ferienhäuser waren Anfang Dezember noch mehrheitlich unbewohnt.

»Meinst du, es muss jemand von hier oben gewesen sein?«

»Zumindest wissen wir, dass es heute Nacht geschehen ist und nach zweiundzwanzig Uhr keine Gondel mehr fährt.« Lena sprach ganz im Stil einer Fernsehkommissarin. »Es ist umständlich, nachts vom Tal her hochzukommen. Das sind mindestens drei Stunden Fussmarsch. Natürlich kann auch jemand früher hierhergefahren sein, abgewartet haben und nach der Tat beispielsweise mit Ski oder Schlitten zu Tal gefahren sein.«

»Aber du glaubst es nicht?«, fragte Amélie.

»Nein, wenn ich ehrlich bin, kann ich mir das nicht vorstellen.« Lena kaute geistesabwesend an ihrem Daumennagel. »Aber wir werden das überprüfen. Wie spät ist es?«

»Kurz vor vier, wieso meinst du?«

»Weil unten gleich die Gondel losfährt, mit welcher Berti und Sam wahrscheinlich hochkommen.«

Amélie gab ihrer Freundin mit einem Stirnrunzeln zu verstehen, dass sie ihr nicht folgen konnte.

»Marvin wird wissen, wer gestern Abend mit der Gondel zur Lärchenalp gefahren ist. Vielleicht hat er ja irgendetwas Verdächtiges festgestellt.«

Amélie hatte verstanden und bereits ihr Handy aus der Jackentasche gefischt. »Ich rufe Sam gleich an, damit er ihn fragen kann.«

Marvin Lauper, einer von vier Gondelführern der Lärchenalp-Bahn, stand neben dem Drehkreuz in der Talstation, schaute auf die Uhr und begab sich zur Gondel, wo Sam und Matteo als einzige Fahrgäste auf das Signal für die Abfahrt warteten.

Gerade als ein zweimaliges Läuten anzeigte, dass die Gondel in der Bergstation bereit zur Talfahrt war und sich Marvin anschickte, die Türen zu schliessen, vibrierte Sams Mobiltelefon. Nach Amélies kurzer Zusammenfassung, worüber Lena und sie nachgedacht hatten, wusste Sam, was zu tun war. Das hatten die Mädchen clever überlegt, wie er fand. Im Flüsterton klärte er Matteo auf, was sie Marvin fragen sollten, während dieser per Knopfdruck dafür sorgte, dass sich die Gondel – oder vielmehr das Zugseil – in Bewegung setzte.

Matteo lächelte Marvin an. Er kannte ihn seit Jahren, da die Bertones als Bewohner der Lärchenalp manchmal mehrmals pro Tag die Seilbahn benutzten. Auch deshalb tat es ihm weh, als er sah, dass Marvin traurig war und nur gezwungen zurücklächelte. »Marvin, gehts dir nicht gut?«

»Sieht man mir das an?«

»Ehrlich gesagt, ja. Was ist denn los?«

»Ach, Jungs, das versteht ihr wohl nicht«, sagte Marvin leise. »Es ist nur, dass mich meine Freundin vor drei Monaten verlassen hat und ich sehr oft an sie denke.«

Sam wurde bewusst, dass er noch nie über Marvins Privatleben nachgedacht hatte. Für ihn war der Gondelführer einfach immer nur ein gutgelaunter junger Mann gewesen, der mit allen Fahrgästen scherzte. Unwillkürlich dachte Sam daran, wie es wäre, von Amélie verlassen zu werden. Fast wären ihm bei diesem Gedanken Tränen in die Augen gestiegen, bevor er sich selbst in Erinnerung rief, dass sie ja noch nicht einmal zusammen waren. Er beschloss, sich wieder auf das Wesentliche zu konzentrieren – die Befragung.

»Dürfen wir dich etwas ganz anderes fragen?«, begann Sam vorsichtig.

»Ja, sicher.« Marvin blickte Sam neugierig an.

»Hattest du gestern Abend Dienst?«

»Ja, warum fragst du?«

»Wir möchten herausfinden, wer den Spruch auf Dirks Fassade gesprayt hat.« Sam bemerkte Marvins angedeutetes Nicken. »Wir nehmen an, du hast davon gehört?«

Marvins Miene wurde ernst. »Das war den ganzen Tag über Thema Nummer eins hier. So etwas spricht sich natürlich schnell herum – eine üble Sache!«

»Vielleicht ist dir ja etwas aufgefallen. Ist jemand mit der letzten Gondel um zweiundzwanzig Uhr noch hochgefahren? Hatte jemand – vielleicht auch schon bei einer früheren Fahrt – etwas Auffälliges dabei?«

»Da ist ganz offenbar Wachtmeister Winter Junior am Werk.« Marvin lachte. »Dein Vater hat mir vor ein paar Stunden genau die gleichen Fragen gestellt und die Antwort war zweimal Nein. Nein, in der letzten Gondel war ich ganz alleine unterwegs. Und nein, es ist mir auch im Laufe des Tages niemand mit Spraydose aufgefallen.«

Bevor sich Sam wegen Marvins leicht spöttischem Unterton aufregen konnte, griff Matteo vermittelnd ein. »Wir wollen ja auch nicht Polizei spielen, aber du weisst, dass wir alle – und vor allem Sam – viel Zeit in Dirks Hotel verbringen. Wir mögen Melanie und Dirk sehr und dachten einfach, wir hören uns mal um.«

Marvin zuckte mit den Schultern, was wohl bedeutete, dass er auch keine Ahnung hatte und die Jungs gerne gewähren liess. Dann fragte er: »Wie haben es Dirk und Melanie aufgenommen?«

»Wir konnten bisher kaum mit ihnen sprechen. Aber vielleicht sehen wir sie ja noch. Lena und Amélie sind noch immer im Hotel Montana.«

»Dann grüsst alle von mir!«, sagte Marvin, bevor er die Gondeltür öffnete. Sie waren in der Bergstation auf der Lärchenalp angekommen.

Vorsichtige neue Verdachte

Die MounTeens waren wieder vereint und sassen auf Dirks Terrasse, wo Matteo und Sam von der aufregenden Verfolgung auf dem Schlittelweg und ihren Gesprächen mit Alex, Tom und Marvin berichteten.

»Bisher haben wir uns nicht besonders schlau angestellt«, bemerkte Sam und fügte an: »Also insbesondere ich.« Ihm war seine Prügelei mit Tom immer noch peinlich. »Es scheint auch so, als könnten wir der Polizei sowieso nicht helfen. Mein Vater hat die wichtigen Fragen schon lange gestellt.«

»Das war ja klar, aber ich finde dennoch, dass wir noch nicht aufgeben sollten«, bemerkte Lena kämpferisch. »Schaut euch mal unsere Zusammenstellung der Verdächtigen an!«

Matteo las laut vor: »Verdächtige: Sven Halmstad (Hotel Arvenhof), Paul Manser (Hotel Alpenblick) und Familie Bertone (Hotel Regina).« Er stockte. »Lena, musstet ihr meine Eltern wirklich auch auf die Liste der Verdächtigen setzen?«

»Ist nicht böse gemeint, lies weiter, dann wirst du verstehen, dass theoretisch auch deine Eltern ein Motiv haben!«

Matteo las weiter: »Motive: Neid, Konkurrenzkampf, finanzielle Ängste. Sven Halmstad: Dirks Trottinett-Idee. Paul Manser: Dirks Zimmerpreise. Familie Bertone: Mittagsmenüs.« Matteo wollte gerade wieder Partei für seine Eltern ergreifen, als Dirk aus der Tür trat und direkt auf die MounTeens zukam.

Mit seinen kurzgeschnittenen blonden Haaren und den blauen Augen sah der hochaufgeschossene Dirk wie ein typischer Nordländer aus. Der dreissigjährige Deutsche hätte genauso gut auch Schwede sein können. Normalerweise schritt er strahlend durch sein Restaurant und spielte die Gastgeberrolle perfekt. Heute aber war er nur ein Schatten seiner selbst. Er lächelte gequält und sein durchtrainierter Körper, der ihn sonst selbstbewusst und dynamisch aussehen liess, wirkte heute irgendwie kraftlos. Lena dachte, dass hier die Redewendung, dass jemand »geknickt« wirke, für einmal auch bildlich zutraf.

»Wie gehts dir, Dirk?«, fragte Amélie mitfühlend.

»Ach, Kinder! Mir gehts mies. Aber danke, dass ihr so um mich besorgt seid.« Er fröstelte leicht, zog den Reissverschluss seiner Softshell-Jacke hoch und zeigte zur Gaststube. »Kommt rein, die Sonne geht gleich unter. Dann wirds kalt hier draussen.«

Ein kurzer Blick auf die Uhr zeigte Amélie, dass es mittlerweile Viertel vor fünf war – in spätestens einer Stunde würden Lena, Sam und sie die Gondel talwärts nehmen müssen, denn eine Ski-Abfahrt nach Bad Lärchenberg im Dunkeln war auf jeden Fall zu gefährlich. Es blieb also noch kurz Zeit, um sich in die Gaststube zu Dirk und Melanie zu setzen.

»Draussen hattet ihr einen Zettel vor euch, wo mein Name draufstand – was habt ihr da aufgeschrieben?«, fragte Dirk neugierig, während er hinter der Theke für Melanie und die Moun-Teens Getränke und eine Schale mit Erdnüssen holte.

Lena fasste die Ereignisse des Tages zusammen, wobei Sam bei der Erwähnung seiner wilden Verfolgungsjagd am liebsten im Boden versunken wäre. Doch Dirk zwinkerte ihm aufmunternd zu. Für ihn schien offenbar alleine der gute Wille zu zählen, was Sam etwas tröstete. Zuletzt kramte Amélie den Zettel mit den Verdächtigen und deren Motiven hervor und liess ihn Dirk und Melanie in Ruhe studieren.

»Ich bin echt gerührt, dass ihr helfen wollt«, sagte Melanie, die sich an Dirks Arm klammerte und sichtlich mit den Tränen kämpfte. Melanie Walker war eine eher unscheinbare, zierliche Frau mit einer etwas zu grossen Brille im hübschen Gesicht. Matteo fand, sie sehe aus wie eine typische Bibliothekarin und Dirk nannte sie nicht zuletzt wegen ihrer spitzen Gesichtsform »Mäuschen«. Die MounTeens mochten ihre unkomplizierte Art. Sie hatte für alle ein offenes Ohr, war einfühlsam und hilfsbereit und Dirk war seit Beginn ihrer noch sehr jungen Beziehung sichtlich aufgeblüht.

»Hört zu, ihr Detektive!«, sagte Dirk. »Ich finde es natürlich toll, dass ihr euch so reinhängt, aber überlasst alles Weitere nun der Polizei. Okay?« An Sam gewandt fuhr er fort: »Solche überstürzten Aktionen führen nur zu noch mehr Unfrieden – und den kann ich so kurz vor der Hauptsaison nun wirklich nicht gebrauchen. Die Polizei hat übrigens so ungefähr die gleichen Verdachte wie ihr. Ich kann mir aber wirklich nicht vorstellen, dass die Hoteliers auf der Lärchenalp etwas mit dem Spruch zu tun haben.«

Er fixierte Matteo und schaute ihm tief in die Augen. »Und deine Eltern schon gar nicht, Matteo! Nettere Leute habe ich nie kennengelernt. Sie haben mich von Beginn an unterstützt. Mach dir keine Sorgen.« In Matteos Augen blitzten Erleichterung und Dankbarkeit auf, während Dirks Blick ein weiteres Mal auf den Zettel fiel und seine Gedanken abschweiften.

Natürlich war es möglich, dass die Hoteliers nicht alle gut auf ihn zu sprechen waren, dachte Dirk. Schliesslich hatte er seit Beginn der Pacht im Sommer wirklich einiges bewegt. Die lokale Zeitung hatte sogar getitelt: »Frischer Wind auf der Lärchenalp«. Konnte es sein, dass seine Konkurrenten da neidisch waren, weil sie finanzielle Verluste befürchteten? Hatte er durch die Idee der Trottinett-Vermietung wirklich Sven Halmstads Mountainbike-Verleihgeschäft geschadet? Die Idee mit den Tretrollern war ja nicht neu – vielerorts konnte man mit gemieteten Trottinetts auf geteerten, für Autos gesperrten Strassen zu Tale brausen. Da hatte sich doch der Weg von der Lärchenalp hinunter zum Städtchen regelrecht angeboten, um das ebenfalls aufzuziehen. Hätte er das mit Sven Halmstad besser absprechen sollen? War der Hotelier vom Arvenhof wütend, weil er dadurch weniger Geld verdiente? Und Paul Manser vom Alpenblick? Es stimmte ja, dass Pauls Hotel bis im Sommer das günstigste Hotel auf der Lärchenalp gewesen war. Konnte es sein, dass Paul es ihm übelnahm, dass er mit Wochenend-Sonderangeboten und Familienrabatten eine ähnliche Zielgruppe bei den Gästen ansprach? War es falsch, dass er auf tiefere Zimmerpreise als der frühere Pächter des Hotels Montana setzte? Konnte das Paul so weit getrieben haben, dass er zur Spraydose gegriffen hatte? Dirk schüttelte den Kopf und schämte sich gleichzeitig für seine Gedanken und Zweifel. Nur bei den Bertones war er sich ganz sicher. Warmherzige Leute wie sie konnten ihn nicht dafür hassen, dass er mit grossen Tafeln für günstige Mittags-Skimenüs warb. Und dass sein Hotel jenes war, welches die ankommenden Skigäste als Erstes sahen, war ja auch nicht seine Schuld.

»Dirk, hörst du überhaupt zu?« Melanies Stimme riss ihn jäh aus seinen Gedanken. »Lena fragt dich, ob du denn noch andere Feinde haben könntest.«

Dirk zuckte beim Wort »Feinde« leicht zusammen und runzelte die Stirn. »Glaubt mir, darüber habe ich mir schon den ganzen Tag Gedanken gemacht, aber es fällt mir niemand ein. Es sei denn ... ach, nein.«

»Was wolltest du gerade sagen?«, hakte Lena nach.

Dirk schüttelte den Kopf und presste die Lippen aufeinander, dann formten sie langsam das Wort »Robert«.

Die MounTeens hatten sofort verstanden. Robert Kubiak war einer der Kellner im Restaurant Montana, befand sich in diesem Moment jedoch ebenfalls in der Gaststube, weshalb alle schwiegen und sich darauf konzentrierten, ihn nicht anzusehen. Melanie nickte langsam. Robert war der einzige Mitarbeiter, den Dirk vom früheren Pächter übernommen hatte. Er war fleissig, schnell und mit den Gästen äusserst freundlich. Obwohl er nur in der Hauptsaison auf der Lärchenalp arbeitete und dazwischen bei seiner Familie in Polen wohnte, sprach Robert fast akzentfrei Deutsch. Er war fünfundzwanzig Jahre alt, gross und kräftig und gehörte zu jener Sorte Menschen, der man lieber nicht alleine im Dunkeln begegnen wollte, wenn man sie nicht bereits schon kannte. So nett und hilfsbereit Robert sein konnte, so furchteinflössend wirkte er, wenn er wütend war. Und diese Wut hatten Melanie und Dirk schon einige Male zu spüren bekommen, da Robert nicht mit allen Neuerungen im Hotel Montana einverstanden war. Dirk hatte ihn wegen der wiederholten zornigen Ausbrüche bereits verwarnt und das Verhältnis zwischen den beiden war angespannt. »Du hast recht«, flüsterte Melanie nun, »der mag dich vielleicht wirklich nicht.«

In der Zwischenzeit hatte sich Robert auf die Terrasse begeben, um die Tische und Stühle für die Nacht zusammenzustellen, worauf Dirk, Melanie und die MounTeens nun alleine in der Gaststube waren.

»Robert ist aber selbst Ausländer. Der würde so etwas doch nicht schreiben«, meinte Sam nun. Er war vorsichtiger geworden, wenn es darum ging, die offensichtlich Verdächtigen bereits für schuldig zu halten.

»Das kann auch eine Täuschung sein, um den Verdacht von ihm abzulenken«, hielt Lena dagegen und erntete von den anderen am Tisch zustimmendes Nicken.

»Okay«, willigte Sam ein. »Schreiben wir ihn auf unsere Liste, aber gebt ihm eine faire Chance! So, wie ich ihn hier im Hotel kennengelernt habe, ist Robert ein Kerl mit rauer Schale und ganz weichem Kern.«

Draussen war es dunkel geworden – und für die MounTeens Zeit zu gehen. Sie verabschiedeten sich von Dirk und Melanie, traten hinaus in die eisige Abendluft, überquerten die Terrasse und winkten Robert von Weitem zu, während dieser nur mürrisch den Mund verzog. Vielleicht hatte er sie ja nicht gesehen. Oder war das schon ein Indiz für ihren Verdacht?

Hinter der Hausecke des Hotels steckten die MounTeens nochmals ihre Köpfe zusammen.

»Sam, meinst du, dein Vater hat Robert bereits auf dem Radar?«, fragte Matteo.

»Keine Ahnung, wohl eher nicht. Aber ich werde heute Abend mal versuchen, ihn etwas auszufragen, obwohl ich ja weiss, dass er zuhause nichts vom Job erzählen darf.«

»Gut, wir sehen uns morgen!«, sagte Matteo und stapfte die wenigen Meter hinüber zum Hotel Regina, während die anderen zur Bergstation eilten, wo Marvin bereits ungeduldig auf die letzten Fahrgäste der 17.45-Uhr-Gondel wartete.

Matteo nahm den Hintereingang durch die Hotelküche, weil er so die Treppe hinauf zu den privaten Räumen der Bertones erreichen konnte, ohne durchs Restaurant gehen zu müssen. Gerade als er an der Kellertreppe vorbeikam, vernahm er gedämpfte Stimmen aus dem Keller. Er blieb stehen und merkte, dass ihn eine leichte Unruhe packte. Was war mit ihm los? Bis an diesem Morgen hätte er dem nicht einmal Beachtung geschenkt, schliesslich waren sowohl die Hotel-Mitarbeiter als auch seine Eltern oft im Untergeschoss, um beispielsweise Nachschub fürs Restaurant zu holen. Jetzt aber bemerkte er, wie sich seine Nackenhaare sträubten und ihm ein kalter Schauer über den Rücken lief. Er beschloss, auf leisen Sohlen bis zur ersten Biegung der Kellertreppe hinunterzuschleichen und dort zu lauschen. Was er hörte, liess ihn erstarren.

»Geschieht ihm ganz recht!«, zischte sein Vater, während seine Mutter fast flehend flüsterte: »Wenn das nur gut geht, Claudio!«

Matteo zog sich schnell zurück und hielt sich am Handlauf der Treppe, um möglichst lautlos zurück ins Erdgeschoss zu kommen. Dann rannte er – zwei Stufen auf einmal nehmend – hinauf in sein Zimmer, wo er die Tür schloss und sich zitternd gegen sie lehnte. Mit starrem Blick und kreideweiss im Gesicht rutschte er am Türpfosten hinunter, bis er am Boden sass. Konnte das wahr sein? Matteo nahm den Kopf zwischen die Arme, vergrub sein Gesicht zwischen den Knien und begann leise zu weinen.

Nacht auf der Lärchenalp

Es klopfte an der Tür. Matteo schreckte hoch. Dreiundzwanzig Uhr, wer konnte das sein? Die Türklinke bewegte sich lautlos. Matteo rutschte das Herz in die Hose, als er im fahlen Mondlicht sah, wie sich die Zimmertür langsam öffnete und ein Fuss im Türrahmen erschien. Er unterdrückte einen Schrei.

»Matteo, bist du noch wach?«, kam es flüsternd aus dem Halbdunkeln.

»Diego?«, antwortete Matteo mit vor Erleichterung zitternder Stimme. Sein Bruder trat ein und setzte sich zu Matteo aufs Bett. Diego war achtzehn, wohnte aber bei seinen Eltern, da er als kaufmännischer Lehrling im lokalen Tourismusbüro noch zu wenig verdiente, um auszuziehen. Zudem gab es im »Hotel Mama« viele Vorteile: gutes Essen, gemachte Wäsche und die nicht zu verachtende Nestwärme der Familie. Die Bertones waren eine verschworene Gemeinschaft und die beiden Brüder verband trotz der fünf Jahre Altersunterschied eine tiefe Geschwisterliebe.

»Hast du mich erschreckt! Was ist los?«

»Ich wollte, dass du es von mir erfährst und nicht morgen von unseren Eltern«, sagte Diego, während er sich mit den Fingern durch die schwarzen Locken fuhr, bis er schliesslich beide Hände wie ein Schutzschild hinter dem Kopf verschränkt hielt. Matteo knipste die Nachttischlampe an und schaute seinen Bruder mit zusammengekniffenen Augen an. Dieser wirkte verlegen – oder schuldbewusst? Jedenfalls schien er unglücklich zu sein, wie Matteo überrascht feststellte. Das kannte er an seinem Bruder kaum. Diego war eine Frohnatur, der mit italienischem Charme eine ganze Gesellschaft unterhalten konnte, und ein Genussmensch, der – vor allem beim Essen – auf nichts verzichten mochte. Dass sich dieser Lebenswandel leicht negativ auf seine Figur ausgewirkt hatte, störte ihn wiederum nicht im Geringsten.

»Ich habe Mist gebaut.« Diego senkte den Kopf und nahm die Hände vors Gesicht. »Ich habe Frau Sander, meine Chefin im Tourismusbüro, angelogen – und sie hats gemerkt.«

»Was heisst das?«

»Ich hätte heute bis achtzehn Uhr arbeiten müssen. Um halb fünf sagte ich Frau Sander, mir sei schlecht und ich wolle nach Hause gehen, dabei suchte ich nur einen Grund, um Laura vom Bahnhof abzuholen.«

»Laura?«

»Entschuldige. Laura ist meine Freundin. Sie arbeitet als Bankkauffrau und war wegen eines externen Lehrganges einige Tage weg gewesen. Ich musste sie einfach wiedersehen. Verstehst du?«

Matteo nickte. Auch wenn sein Bruder möglicherweise einen Fehler gemacht hatte, blieb er sein grosses Vorbild. »Aber, wie hat Frau Sander das herausgefunden?«

»Ich verliess um Viertel vor fünf das Büro und ging direkt zum Bahnhof. Laura freute sich riesig und ich begleitete sie nach Hause. Da muss mich Frau Sander so gegen halb sechs wohl auf der Strasse irgendwo gesehen haben, worauf sie hier zuhause anrief, um auf Nummer sicher zu gehen. Als Papa ihr sagte, ich sei nicht zuhause, hat Frau Sander mit Konsequenzen gedroht. Papa war ganz ausser sich, als er mich um Viertel vor sechs anrief. Lügen war zwecklos – ich habe ihm alles erzählt.«

»Was hat Papa dann gesagt?«

»Er meinte, es geschehe mir recht, dass ich nun mit einer Strafe rechnen müsse – und er wolle mich heute nicht mehr sehen. Deshalb bin ich ja auch erst mit der 22-Uhr-Gondel hochgefahren. Na ja, ein bisschen natürlich auch wegen Laura.« Der Gedanke an seine Freundin entlockte ihm trotz der misslichen Lage ein schwaches Lächeln.

Auch Matteo lächelte plötzlich, allerdings aus ganz anderen Gründen. Eine Woge der Erleichterung durchflutete ihn, nachdem die Puzzlesteine wie von alleine an die richtige Stelle gefallen waren: Viertel vor sechs, Mama und Papa im Keller, »Geschieht ihm recht«, »Wenn das nur gutgeht« ... Seine Eltern hatten gar nicht von Dirk, sondern von Diego gesprochen! Die Zeit und die Worte der Eltern passten perfekt. Während sein Vater im ersten Ärger vermutlich noch fand, dass Diego eine Strafe verdiene, hatte die Mutter offenbar vor allem Angst um die Lehrstelle und hoffte für Diego, dass alles gut gehen würde. Ja, so musste es sein! Seine Eltern waren also doch unschuldig!

Diego bekam von Matteos Gedankengängen nichts mit. Er deutete dessen Schweigen als Sorge um ihn oder Mitleid, worauf er ihm einen Arm um die Schulter legte. »Nur keine Angst, das kommt schon wieder in Ordnung! Ich werde morgen ehrlich sein und mich entschuldigen.«

Matteo schmiegte sich an ihn und beschloss, nichts von seinem Verdacht gegen die Eltern zu erzählen. Diego hatte schliesslich genug andere Probleme. »Ja, Diego, du schaffst das.« Er drückte seinen Bruder und schaute mit ihm durchs Fenster auf die mondhelle Lärchenalp.

Da, was war das? Drüben bei Paul Manser hatte sich etwas bewegt. Matteos Muskeln spannten sich an und er blickte konzentriert auf das etwa hundertfünfzig Meter entfernt stehende Hotel Alpenblick. Auf der vom Mond abgewandten Rückseite des Gebäudes war kaum etwas zu erkennen – und doch hob sich ein etwas dunklerer Schatten von der Fassade ab. Jetzt bewegte er sich wieder! Diego hatte die Bewegung ebenfalls registriert und schaute genauer hin.

»Siehst du das auch?«, fragte er leise. »Ist das ein Tier?«

Matteo fröstelte leicht. »Nein, es bewegt sich eher wie ein Mensch.«

»Ist das Paul? Oder einer der Angestellten?«

»Jemand schleicht dort jedenfalls der Hotelwand entlang.«

Einen Moment später trat die dunkle Gestalt aus dem Schatten und überquerte mit schnellen und zielsicheren Schritten die mondbeschienene Fläche vor der Skischulhütte, um offenbar möglichst schnell wieder den Schutz der Dunkelheit zu suchen.

»Hast du das gesehen?« Matteos Herz schlug bis zum Hals. »Die Gestalt trägt etwas auf dem Rücken. Sie schleppt einen Sack oder so was Ähnliches.«

Sein Bruder nickte ernst. »Wenn man daran denkt, was gestern Nacht passiert ist, wirkt das sehr verdächtig.« Natürlich hatte auch er mitbekommen, was auf der Lärchenalp vorgefallen war. Im Tourismusbüro war von nichts anderem gesprochen worden.

»Wer kann das sein?«, fragte Diego in die Stille. »So verhält sich doch nur jemand, der etwas zu verbergen hat.«

»Das gefällt mir gar nicht. Es macht mir irgendwie Angst.« Matteo rückte unmerklich noch näher an seinen grossen Bruder heran.

»Schau, jetzt löst sich die Person wieder von der Hauswand und hastet mit diesem Ding auf dem Rücken Richtung Hotel Montana«, flüsterte Diego aufgeregt. Er stand auf und rannte zur Tür. »Ich muss nachsehen, was da läuft!«

»Nein, bleib hier und lass uns Dirk anrufen!« Matteos Stimme klang angsterfüllt. Auf keinen Fall wollte er, dass sein Bruder die unheimliche Gestalt stellte und dabei womöglich verletzt würde.

»Okay«, lenkte Diego ein, »rufen wir ihn an.«

Die verdächtige Person war nicht mehr zu sehen, da sie hinter der Hausecke des Hotels Montana verschwunden war. Diego hatte bereits Dirks Nummer auf seinem Mobiltelefon gewählt und beobachtete jene Seite des Hotels, die von Matteos Fenster aus sichtbar war. Alles schien ruhig – keine Bewegung auf der

Terrasse und auch kein Licht an den Hotelfenstern. Beim dritten Läuten änderte sich das. In Dirks Wohnung in der zweiten Etage des Hotels ging das Licht an.

»Ja, Beermann«, meldete sich Dirks verschlafene Stimme.

»Dirk, hier Diego. Matteo und ich beobachten gerade von hier drüben, wie jemand um dein Hotel schleicht.«

Sofort war Dirk hellwach.

Mit dem Handy am Ohr schlüpfte er in seine Moonboots – einer Art extrem warmer Winterstiefel, die äusserlich Schuhen für Raumfahrer ähneln – und war schon auf dem Weg nach unten, während Diego knapp zusammenfasste, was sie gesehen hatten. Dirk wurde bewusst, wie lächerlich er mit Schlafanzug und den klobigen Schuhen wohl aussehen musste. Er hoffte, dass keiner der wenigen Gäste in diesem Moment auf den Hotelflur treten würde. »Diego, bist du noch dran?«

»Ja.«

»Ich bin jetzt beim Hintereingang. Hier ist niemand. Siehst du die Person irgendwo? Ist sie vielleicht doch zur Terrasse geschlichen?« Dirks Stimme klang angespannt.

»Nein, hier ist keiner aufgetaucht ... halt, jetzt biegt jemand um die Hausecke ... ein grosser Mann ... mit Taschenlampe!«

»Das bin ich, Diego, schau, ich schwenke sie über meinem Kopf!«

Diego sah genauer hin. Ein Mann in Schlafanzug und Monsterschuhen schwenkte das Licht dreimal über seinem Kopf, und als die Taschenlampe kurz aufs Gesicht gerichtet wurde, erkannte er Dirk.

»Ich bin jetzt einmal ums Hotel gegangen und kann nichts Auffälliges feststellen.«

»Warte, ich komme noch kurz rüber«, antwortete Diego und hängte auf. Nun konnte Matteo seinen grossen Bruder nicht mehr von seinem Plan abbringen.

Wenig später beobachtete er, wie sich Diego und Dirk auf der Terrasse begrüssten. Sie sprachen sich kurz ab, bevor jeder auf eine Seite ums Hotel herumschlich, bis sie sich wohl auf der Rückseite trafen. Sie schienen niemanden gesehen zu haben. Gleich darauf ging jedenfalls in der Gaststube das Licht an und Matteo erkannte, wie sich die beiden an einen Tisch setzten und diskutierten. Er verliess seinen Beobachtungsposten erst, als Diego wieder zurückkehrte und nochmals in sein Zimmer guckte.

»Matteo, Fehlalarm – da war niemand mehr. Hoffen wir mal, dass es für das verdächtige Verhalten der Person, die wir gesehen haben, eine ganz harmlose Erklärung gibt. Schlaf gut!«

»Gute Nacht, Diego!«

Sonntagmorgen bei Sanders

Lena erwachte, als ihre Mutter die Kaffeemaschine einschaltete. Es duftete herrlich nach frischen Brötchen und Lena beschloss, den vertrauten Moment des Sonntagmorgens im wohlig warmen Bett noch etwas zu geniessen, bevor sie ebenfalls aufstand und sich an den gedeckten Frühstückstisch setzte. Ihre Mutter presste gerade frischen Orangensaft und bemerkte sie nicht. Lena musterte sie von Kopf bis Fuss.

Anna Sander war zweiundvierzig, schlank und sehr attraktiv. Nach der geschiedenen Ehe konnte sie sich vor Verehrern kaum retten, doch sie hatte bisher – unbewusst vielleicht auch Lena zuliebe – keinen neuen Mann in ihr Leben gelassen. Lenas Vater meldete sich kaum noch, nachdem er mit einer anderen Frau »durchgebrannt« war, wie Anna Sander es nannte. Ihre schulterlangen braunen Haare hatte sie immer straff nach hinten gekämmt und zu einem Pferdeschwanz gebunden. Wenn sie mit den für sie typischen Hosenanzügen zur Arbeit ging und als Tourismusdirektorin auftrat, wirkte sie ebenso unnahbar wie anziehend. Lena bewunderte aber nicht nur das Aussehen ihrer Mutter, sie versuchte, ihr insbesondere in Sachen Hartnäckigkeit und Fleiss nachzueifern. Am allerliebsten mochte sie ihre Mutter allerdings, wenn sie gemeinsam Zeit verbrachten und die herzliche Seite zum Vorschein kam. Deshalb war beiden auch der Sonntagmorgen so wichtig – eine intime und ihnen heilige Zeit.

»Lena, wie lange bist du schon hier?«, fragte Anna Sander, nachdem sie Lenas Blick im Rücken gespürt und sich umgedreht hatte.

»Guten Morgen, Mama«, erwiderte Lena, die jäh aus ihren Gedanken gerissen wurde. »Ich habe mich gerade hingesetzt. Danke, dass du bereits Frühstück gemacht hast.«

Anna Sander umarmte ihre Tochter. »Ich erwarte gleich einen Anruf, aber lass uns schon mal beginnen.«

»Wer ruft dich denn am Sonntagmorgen an?«

»Du weisst ja, dass Diego Bertone als Lehrling bei mir arbeitet. Er hat mir wohl noch etwas mitzuteilen. Jedenfalls hat er mir bereits gestern Nacht eine Nachricht geschickt, dass er gerne mit mir telefonieren würde. Ich fand, er solle unbedingt noch etwas schmoren – wenigstens bis heute Morgen um zehn Uhr.« Ein verschmitztes Lächeln huschte über ihr Gesicht. In kurzen Zügen berichtete sie über den Vorfall am Abend, allerdings wusste sie den Grund für Diegos Lüge noch nicht. Da er sonst aber immer ein tadelloser Mitarbeiter gewesen war, machte sie sich keine grossen Sorgen. Selbstverständlich würde sie gegen aussen aber die strenge Chefin markieren. Das gehörte zu ihrem Image und zu ihrer Rolle.

Lena schüttelte den Kopf. Da hatte sich Matteos Bruder aber ein schönes Ei gelegt! Sie kannte ihre Mutter aber haargenau und wusste, dass sie ein weiches Herz haben würde, wenn Diego nur reumütig genug war.

Das Telefon klingelte und ihre Mutter nahm ab.

»Ja, Sander ... Guten Morgen, Herr Bertone ...« Natürlich siezte sie ihren Lehrling. Auch sonst blieb sie distanziert, hörte aufmerksam zu, sprach ernst und mit geschäftiger Stimme, während am anderen Ende der Leitung wohl jemand Blut schwitzte und um Entschuldigung flehte. Lena konnte nur die Worte ihrer Mutter hören, die zwar knallhart, aber auch fair waren. Nach knapp fünf Minuten legte sie mit den Worten auf: »Das kommt nicht wieder vor, Herr Bertone, haben wir uns verstanden? Ich erwarte Sie ab morgen mit der alten Arbeitshaltung zurück!«

Kaum hatte Anna aufgelegt, offenbarten sich Lena wieder die weichen Züge ihrer Mutter. Erst bildeten sich kleine Lachfältchen um die Augen, dann schmunzelte sie und schliesslich konnte sie es sich nicht verkneifen, Lena den Grund für Diegos Lüge zu verraten. »Eigentlich ist es ja wirklich süss von ihm, dass er alles auf der Welt stehen- und liegengelassen hat, um seine Freundin vom Bahnhof abzuholen«, sagte sie und beendete damit das Thema mit einem verständnisvollen und verträumten Blick, den Lena an ihrer Mutter gar nicht kannte.

Konnte es sein, dass sie sich ebenfalls wieder einen Mann im Leben wünschte? Lena beschloss, der Sache nicht weiter auf den Grund zu gehen und während des Frühstücks lieber auf den gesprayten Spruch an Dirks Fassade zu sprechen zu kommen, da sich am Vorabend keine Gelegenheit mehr geboten hatte, darüber zu diskutieren. Sie schilderte kurz, was die MounTeens alles herausgefunden hatten und war überrascht, dass ihre Mutter noch so wenig wusste. Die Detektivarbeit schien also doch nicht ganz umsonst gewesen zu sein!

Anna Sander seufzte tief. »Hoffentlich kann schnell geklärt werden, dass dies nur ein übler Streich war und nichts mit den Hoteliers oben auf der Lärchenalp zu tun hat! Das wäre ganz schlecht fürs Geschäft, wenn die Touristen Dirk als Zielscheibe oder Opfer seiner Hotelkonkurrenten sehen würden! Ausländerfeindlichkeit können wir uns gar nicht leisten! Das würde sich schnell herumsprechen – und unsere Konkurrenz schläft nicht.« Mit sorgenvoller Miene schob sie sich ein Stück des fein geschnittenen Käses in den Mund.

In der Tat brauchte ein alpines Städtchen wie Bad Lärchenberg den Tourismus dringend. Ein Grossteil des einheimischen Gewerbes war darauf angewiesen und konnte nur überleben, wenn der Sommer einigermassen sonnig und der Winter schneereich war. Ansonsten blieben die Gäste aus. Um die flaue Zwischensaison von April bis Juni und den November zu kompensieren, brauchte es gute Geschäfte in der Hauptsaison.

»Mama, denkst du, es ist Zufall, dass Dirks Hotel ausgewählt wurde, oder gibt es tatsächlich Leute, die etwas gegen Dirk persönlich haben?« Lena nahm sich eines der noch warmen Brötchen und bestrich es mit Butter und Marmelade. Anna Sander liess sich ein paar Sekunden Zeit, bevor sie sich zu einer vorsichtigen Antwort durchrang.

»Ich will jetzt niemanden beschuldigen, aber Dirks Aktivitäten auf der Alp haben bestimmt nicht allen gefallen. Paul Manser beispielsweise hat mehrfach bei uns angerufen und gefragt, ob wir als Tourismusbüro mit den Niedrigpreisen von Dirk aktiv werben würden, wenn ankommende Touristen eine preiswerte Übernachtung suchten. Und Sven Halmstad hatte nach Dirks Idee mit den Tretrollern, mit der wir ja auch für die Herbstferien erstmals Werbung machten, darauf bestanden, dass wir auch seine Mountainbike-Vermietung auf unserer Homepage erwähnten. Ich denke also tatsächlich, dass da etwas Unruhe oder gar Feindschaft entstanden ist, was wiederum nicht heisst, dass jemand zur Spraydose greifen würde.«

Lena hatte aufmerksam zugehört und zustimmend genickt. Sie nahm einen Schluck vom frisch gepressten Orangensaft.

»Es gibt da etwas anderes, was mich gestern Abend stutzig gemacht hat«, fuhr Lenas Mutter weiter. »Du weisst ja, dass wir auf unserer Homepage für die Hotels werben und man diese dort buchen kann. Zur Hotelbeschreibung gehört auch eine für alle sichtbare Hotelbewertung, welche wir bei den abgereisten Gästen auch aktiv erbeten, damit sich neue Gäste bei der Buchung ein besseres Bild machen können. Bisher hatten wir noch nie Auffälligkeiten festgestellt, weshalb wir darauf verzichteten, die Hotelbewertung von der Angabe von E-Mail-Adressen und tatsächlich existierenden Namen und Adressen abhängig zu machen. Das werden wir wohl ändern müssen.«

Lena bemerkte, dass ihre Mutter nervös auf ihrer Unterlippe herumbiss, was ein Zeichen dafür war, dass sie etwas stark beschäftigte.

»Gestern habe ich nämlich bemerkt, dass Dirks Hotel in den letzten Tagen zwanzig negative Bewertungen mit jeweils nur einem von fünf zu vergebenden Sternen erhalten hat. In den Rückmeldungen wird dabei wüst über das Hotel geschimpft. Ich finde das mehr als seltsam und werde gleich morgen bei Dirk die Gästeliste anfordern, um die Initialen bei den fast anonymen Hotelbewertungen mit den Namen auf der Liste zu vergleichen. Was mir gefälscht erscheint, werde ich natürlich sofort löschen, aber bei einigen Einträgen werde ich nicht sicher sein und sie wohl stehenlassen müssen. Schliesslich sind wir als Tourismusverein keine Zensurbehörde – und es wäre ja auch möglich, dass nicht alle Gäste des Hotels Montana zufrieden waren. Aber irgendwie sagt mir meine innere Stimme, dass dies etwas mit dem gesprayten Spruch zu tun haben muss und jemand gezielt gegen Dirk vorgeht. Weisst du, wie man das in diesem Fall nennen würde? Mobbing!«

Lena vergass vor Aufregung fast zu kauen. Ihre Mutter hatte soeben ein weiteres Puzzlestück geliefert, das die MounTeens dem Täter oder der Täterin näherbringen konnte. Bevor ihre Mutter oder ein Mitarbeiter des Tourismusbüros diese Bewertungen von der Homepage löschen würde, wollte sie alles auf ihren Laptop kopieren, um die Einträge später in Ruhe anzuschauen.

Vielleicht hatte sich ja einer der angeblichen Hotelgäste in irgendeiner Weise verraten.

Nachdem Lena ihrer Mutter beim Aufräumen geholfen hatte, zog sie sich auf ihr Zimmer zurück, schaltete ihren Laptop ein und öffnete die vom Tourismusbüro betreute Homepage von Bad Lärchenberg. Schnell hatte sie das Hotel Montana und die Bewertungen gefunden. Tatsächlich fanden sich seit Dirks Übernahme im Sommer bis Anfang Dezember fünfundzwanzig meist sehr positive Einträge mit durchschnittlich vier vergebenen Sternen. In den letzten Tagen aber waren zwanzig nur mit Initialen beschriftete negative Einträge hochgeladen worden. So schrieb beispielsweise H. A. aus B.: »War mit meiner Familie hier und würde nicht wiederkommen. Schlechtes Essen, unfreundliche Bedienung, wenig Verständnis für Kinder. Der neue Hotelchef hat viel verändert, aber nichts zum Guten. Schade ums Geld. Finger weg!« Die anderen Einträge waren im gleichen telegrammartigen Stil verfasst. Es brauchte nicht viel Fantasie, um zu erkennen, dass sie wohl alle von derselben Person stammten. Dirks durchschnittliche Kundenbewertung war dadurch auf 2.5 Sterne gesunken, womit er gegenüber seinen Hotelkonkurrenten auf der Lärchenalp deutlich abgeschlagen an letzter Stelle lag. Aus reiner Neugier klickte sich Lena auch durch die Bewertungen der Hotels Regina, Arvenhof und Alpenblick und stellte überrascht fest, dass Sven Halmstads Hotel Arvenhof innerhalb der letzten Woche als Einziges überhaupt neue Bewertungen erhalten hatte. Sie schaute sich diese genauer an. Was sie nun entdeckte, liess ihr Herz schneller schlagen. Vierzehn im Telegrammstil verfasste, über alle Massen positive Hotelbewertungen mit Fünf-Sterne-Wertung waren für das Hotel Arvenhof abgegeben worden, allesamt von nur mit Initialen bezeichneten »Hotelgästen«. Das konnte kein Zufall sein! Für Lena war klar, dass es sich um Betrug handelte. Die Frage war nur, ob Sven Halmstad, der Hotelier vom Arvenhof, hier seine Finger im Spiel hatte.

Lena kramte ihr Handy hervor, um Amélie ihre Recherche-Ergebnisse mitzuteilen, wobei sie verärgert feststellte, dass der Akku des Telefons leer war. Kaum hatte sie das Mobiltelefon durch das Ladekabel mit dem Stromnetz verbunden, wurden verschiedene Nachrichtenfenster geöffnet. Lena wurden drei verpasste Anrufe und zwei neue Nachrichten gemeldet – alle von Matteo. Was war denn nun schon wieder los?

Das war kein Fuchs!

Sonntags um halb elf war in den Strassen von Bad Lärchenberg wenig los. Sam stapfte über das schneebedeckte Trottoir und betrachtete im Vorbeigehen die Schaufenster der Geschäfte, welche mit Tannenzweigen, farbigen Kugeln und Lametta dekoriert waren, und stellte sich vor, wie die Lichtergirlanden und die grossen Schneekristalle, die über der Fussgängerzone hingen, die Innenstadt am Abend wieder in ein zauberhaftes Lichtermeer verwandeln würden. Er liebte die Vorweihnachtszeit über alles, weil die Stadt dann so friedlich wirkte.

Dieser Friede war nun aber definitiv gestört! Vor einer Stunde hatte Sam Matteos Anruf erhalten und erfahren, dass auf der Lärchenalp wieder etwas vorgefallen war. Auf der Treppe des Hotels Montana war ein Müllsack ausgeleert worden. Dirk hatte die Polizei offenbar nicht gerufen, denn Sams Vater hatte gemütlich beim Frühstück gesessen und schien nicht weiter alarmiert. Sam hatte schon am Vorabend festgestellt, dass sein Vater – oder besser gesagt die Polizei – dem gesprayten Spruch auf der Lärchenalp keine grosse Bedeutung beimass. Das war für sie einfach ein Fall von Vandalismus, der einen nüchternen Polizeirapport für die Versicherung verlangte. Irgendwie hatte Sam sich vorgestellt, dass sein Vater mit einer Sonderkommission Nachforschungen anstellen und Befragungen von allen Verdächtigen durchführen würde. Dem war aber nicht so. Sein Vater hatte zwar Verständnis für Sams Betroffenheit gezeigt, ihm aber auch klarmachen können, dass in einer Stadt mit zehntausend Einwohnern und den umliegenden Dörfern noch viel schlimmere Dinge passierten, welche den Einsatz der Polizei dringender verlangten. Gerade gestern war die Polizei beispielsweise zu einer Familie gerufen worden, wo bei einem häuslichen Streit Blut geflossen war, eine Person ins Spital eingeliefert wurde und die Polizei den Schutz für die Mutter und ihre verängstigten Kinder sicherzustellen hatte. Details ersparte ihm sein Vater bewusst, doch Sam hatte verstanden, dass ein Spruch auf einer Hotelfassade dagegen weniger Gewicht hatte. Offenbar mussten eben doch die MounTeens aktiv werden und den verdächtigen Hoteliers auf der Alp selbst auf den Zahn fühlen!

Sam war schon fast bei der Talstation der Lärchenalpbahn angekommen, als er hinter sich eine vertraute Stimme seinen Namen rufen hörte.

»Sam, warte!«

»Amélie, was machst du denn hier?« Ganz kurz durchzuckte Sam so etwas wie ein süsser Schmerz. Sie sah umwerfend aus. Die langen blonden Haare steckten unter einer hellblauen Wollmütze, die perfekt zu Amélies blauen Augen passte. Sam fragte sich, ob er ihr je wieder begegnen konnte, ohne gleichzeitig Glück und so etwas wie Sehnsucht zu fühlen. Sehnsucht wonach eigentlich, fragte er sich, doch bevor er eine Antwort fand, war Amélie bei ihm und hauchte ihm zwei Küsschen auf die Wangen. Waren diese freundschaftlichen Begrüssungsküsse schon immer so sanft gewesen? Und seit wann küssten sie sich überhaupt, wenn sie sich trafen? Sam war sichtlich überrumpelt und wirkte so verwirrt, dass Amélie lachen musste.

»Hallo, Sam. Du schaust ja lustig aus der Wäsche. Warum grinst du so dämlich? Habe ich einen roten Punkt auf der Nase oder was ist los?«

Sam hatte sich wieder gefangen und fand zur alten Schlagfertigkeit zurück. »Genau, den wollte ich dir gerade wegmachen.« Er steckte seinen Zeigefinger in den Mund und tat so – wie es Mütter gerne mit kleinen Kindern machen –, als würde er ihre Nase mit seiner Spucke saubermachen wollen. »Halt still, das haben wir gleich!«

Amélie wehrte Sams Finger ab und während sie kurz freundschaftlich miteinander rangen, genoss es Sam, ihr so nahe zu sein.

»Sam, nun aber mal ernsthaft. Warum bin ich wohl wie du auf dem Weg zur Lärchenalp? Weil Matteo mich ebenfalls angerufen hat und ich meine Eltern überzeugen konnte, dass ich den heutigen Familienbesuch auslassen darf.« Sie zwinkerte ihm zu. »Du offenbar genauso, oder?«

In der Tat hatte es auch Sam einiges an Überredungskunst gekostet, dass er wie bereits tags zuvor auf die Lärchenalp fahren durfte. Schliesslich hatten seine Eltern aber nachgegeben, als Sam erwähnte, dass Dirk sicher Unterstützung brauche.

»Weiss Lena schon Bescheid?« Sam zückte sein Handy.

»Matteo hat sie nicht erreicht, ihr aber mehrere Textnachrichten geschickt. Die kommt bestimmt auch noch.«

»Die Frage ist sowieso, was es bringt, wegen eines ausgeleerten Müllsackes auf die Lärchenalp zu fahren«, bemerkte Sam pessimistisch. »Sicher ist längst alles weggeräumt worden – keine Spur mehr für uns.«

»Ach, komm, du hättest jedenfalls auch nicht hier unten bleiben und am Nachmittag beim Verwandtschaftsbesuch über die Schule und deine Noten sprechen wollen, oder?«

Sam musste Amélie recht geben. Dort oben zu sein und mit den MounTeens gemeinsam am Fall weiterzudenken, war definitiv besser, als untätig im Tal zu sitzen. Und über die Schule sprechen wollte er schon gar nicht. Als mittelmässiger Schüler war das ein eher unangenehmes Thema – und zudem ein heikles. Sams Mutter, Sarah Winter, arbeitete als Englischlehrerin und rieb ihm immer wieder unter die Nase, dass er sich in verschiedenen Fächern endlich mehr anstrengen müsse. Gerne hätte sie ihn im Sportgymnasium gesehen – seine schulischen Leistungen reichten aber bei Weitem nicht, um die Aufnahmeprüfung zu schaffen. Ihm hingegen war es ganz recht, dass seine Mutter nicht auch noch seine Lehrerin war.

Sam passierte das Drehkreuz der Gondelbahn. »Ich bin ja gespannt, was Matteo zu berichten weiss. Am Telefon hat er nur kurz etwas von einer dunklen Gestalt erzählt, die Diego und er gestern beobachtet hätten.«

»Mir hat er erzählt, die Gestalt habe etwas auf dem Rücken getragen. Er vermutet, dass dies der Müllsack war, der später vor Dirks Hotel ausgekippt wurde.« Amélie stieg in die wartende Gondel und nickte dabei Marvin freundlich zu.

»Was erzählt ihr da Spannendes?«, fragte Marvin interessiert. »Ist wieder etwas vorgefallen da oben?«

Amélie begann mit Matteos und Diegos Beobachtungen vom Zimmerfenster aus.

»Konnten sie denn die Gestalt erkennen?« Marvin wartete die Antwort nicht ab und fuhr nachdenklich weiter: »So viele Leute leben ja nicht auf der Lärchenalp, da wäre es vielleicht möglich, aufgrund der Bewegungen, Grösse und Figur auf jemanden zu schliessen.«

»Wir werden Matteo natürlich fragen, aber ich glaube, er hat niemanden auch nur ansatzweise erkannt.«

Marvin nickte langsam. »Falls Diego und Matteo gesehen haben, aus welcher Richtung die verdächtige Gestalt gekommen war, könnte man die Suche sogar noch mehr eingrenzen. Haben sie gesehen, ob der Verdächtige aus einem der Hotels oder von weiter unten aus den Ferienhäusern gekommen ist?«

»Kaum, aber warum fragst du?«

»Unsere Familie hat ja auch ein Chalet auf der Lärchenalp und ich kenne alle Hausbesitzer. Vielleicht kann ich weiterhelfen, falls Diego und Matteo Genaueres zur verdächtigen Person sagen könnten.«

»Das ist sehr nett von dir«, sagte Amélie. »Ich wusste gar nicht, dass ihr ein Ferienhaus habt. Bist du oft da?«

»Eher selten«, sagte Marvin, »denn meinen Urlaub verbringe ich natürlich nicht hier.« Er präzisierte: »Eigentlich schlafe ich nur oben, wenn ich Spätdienst habe und mit der 22-Uhr-Gondel hochfahre. So kann die Gondelbahngesellschaft eine Leerfahrt sparen, die mich wieder ins Tal bringen würde.«

Daran hatte Sam noch gar nie gedacht. Die letzte Gondel fuhr um zweiundzwanzig Uhr. Mit ihr war logischerweise auch ein Gondelführer unterwegs hinauf zur Lärchenalp. Während der Führer der talwärts fahrenden Gondel dann gleich unten bleiben konnte, musste der andere, der sich nun auf der Lärchenalp befand, ja noch irgendwie nach Hause kommen. Deshalb gab es um zweiundzwanzig Uhr fünfzehn also normalerweise noch einmal eine Extra-Talfahrt für den Gondelführer, während die andere Gondel leer hinauffuhr.

Sam hatte einen Geistesblitz. »Marvin«, fragte er aufgeregt, »könnte sich jemand in die letzte leer hinauffahrende Gondel schleichen und so unbemerkt zur Lärchenalp fahren?«

»Nein, das ist unmöglich. Der Gondelführer, der um zweiundzwanzig Uhr hinunterfährt, schliesst die Gondel immer ab. Da kann keiner versteckt hinaufgelangen.«

Auch wenn Sams vermeintlich heisse Spur bereits wieder erkaltet war, erntete er für seine gute Idee immerhin einen anerkennenden Blick von Amélie.

»Vorher hattest du noch etwas von Müll gesagt, oder?«, nahm Marvin den Faden wieder auf.

»Dirks Freundin Melanie hat heute Morgen einen ausgeleerten Müllsack auf der Treppe vor dem Haupteingang gefunden.«

»Melanie? Ist sie denn bei Dirk eingezogen?«

»Nein, ich denke, sie schläft nur manchmal dort. Schliesslich sind sie erst seit zwei Monaten zusammen.«

»Wie auch immer, lasst mich wissen, wenn ihr mich braucht!«

»Marvin ist wirklich hilfsbereit«, fand Amélie, als Sam und sie die Bergstation in Richtung Hotel Montana verliessen.

»Kein Wunder«, sagte Sam, »schliesslich kennt er viele Menschen hier oben – Einheimische und Feriengäste – und er weiss, dass es für den Tourismus äusserst schlecht wäre, wenn die Lärchenalp negativ in die Schlagzeilen geraten würde.«

Plötzlich glitt Amélie auf einer kaum sichtbaren eisigen Stelle im planierten, steinharten Schnee aus, ruderte mit den Armen und wäre wohl unsanft auf dem Po gelandet, wenn Sam sie nicht geistesgegenwärtig aufgefangen hätte.

»Das war knapp!« Amélie schaute Sam dankbar an, worauf er ihre Hand nahm, um sie sicher über die eisige Stelle zu führen. Keiner von beiden fand es nachher zwingend, die Hand des anderen wieder loszulassen, sodass sie die letzten Meter zu Dirks Hotel Hand in Hand weitergingen.

Jetzt nur nicht noch einmal hinfallen, sagte sich Amélie.

Wenn doch nur Dirks Hotel etwas weiter entfernt wäre, dachte Sam und versuchte, Amélies Hand nicht zu stark zu drücken, sondern diese möglichst unverkrampft zu halten, wobei ihm vor allem wichtig war, vor lauter Aufregung keine schweissnassen Handflächen zu kriegen.

»Seid ihr jetzt endlich ein Paar?« Melanie stand oben an der Treppe zum Hoteleingang und grinste.

Schnell liess Sam Amélies Hand los und stotterte verlegen, dass sie sich nur gegenseitig gestützt hätten, um auf der eisigen Unterlage nicht hinzufallen.

Er spürte einen Stich im Herzen. Das war doch offensichtlich die vollkommen verkehrte Antwort – warum sagte er nicht einfach »ja«? Es tröstete Sam, dass auch Amélie ganz rot wurde, was er als Zeichen dafür deutete, dass Melanie irgendwie ins Schwarze getroffen hatte.

»Ein hübsches Pärchen wärt ihr jedenfalls«, sagte Melanie mit einem Augenzwinkern, bevor sie kehrtmachte und im Hotel verschwand.

Sam nahm den ganzen Mut zusammen und wollte Amélie gerade gestehen, dass er ihre Hand wirklich sehr gerne gehalten habe – und dies nicht nur wegen der Gefahr des Hinfallens –, als Matteo die beiden entdeckte und auf sie zukam.

Mit einem vielsagenden Lächeln, das Sam fast den Atem raubte, liess Amélie ihn wissen, dass sie auch ohne Worte verstanden hatte. Dann war der magische Moment vorüber.

»Cool, dass ihr da seid«, begrüsste sie Matteo. »Lena ist auch schon im Anflug. Sie sollte mit der nächsten Gondel ankommen.«

Wenig später standen die MounTeens vereint auf der Hoteltreppe, wo ihnen Matteo nochmals in allen Einzelheiten schilderte, was vorgefallen war. Er beendete die Zusammenfassung mit den Ereignissen des Morgens: »Melanie hat den ausgeleerten Müll hier auf der Hoteltreppe gefunden. Es war eklig, ich habs auch noch gesehen. Essensreste, klebriges und glitschiges Zeug, dazu jede Menge Karton und ein paar Scherben.«

»Es mag jetzt vielleicht doof klingen, aber ist es denn sicher, dass sich nicht einfach ein Fuchs über einen herumstehenden Müllsack hergemacht hat?«, fragte Lena kritisch. Ihr Zweifel war durchaus berechtigt, denn es kam oft vor, dass Füchse nachts den Schutz des tiefergelegenen Lärchenwaldes verliessen, um auf ihrer Nahrungssuche um die Häuser der Lärchenalp zu streifen. Wenn ein Müllsack versehentlich nicht im Container oder in einer Mülltonne gelandet, sondern vor der Tür stehengelassen worden war, konnte man sicher sein, seinen Inhalt am Morgen durchwühlt und verstreut vorzufinden.

Matteo schüttelte entschieden den Kopf. »Nein, erstens stand hier beim Hoteleingang sicher kein Müllsack herum. Und auch wenn ein Fuchs ihn noch ein paar Meter weit geschleift hätte, so wäre er damit kaum die Treppe hochgekommen. Zu guter Letzt fehlten gemäss Dirk, der das ebenfalls zuerst gedacht hat, am Sack jegliche Kratz- oder Bissspuren. Nein, dieser Sack wurde hier ausgeleert. Das war kein Fuchs!«

»Wo genau hat denn dieser Müll gelegen?« Amélie blickte prüfend auf die Hoteltreppe.

»Genau hier, wo wir jetzt stehen«, antwortete Matteo. »Der Sack war wohl etwas weggeweht worden und blieb hinten an der Schneeschaufel neben dem Eingang hängen, während der Inhalt verstreut über alle Treppenstufen lag. Dirk und Melanie haben das natürlich schnell zusammengekehrt und die Treppe wieder gefegt, sodass man wenig später nichts mehr von der Aktion sah. Es ist also kein wirklicher Schaden entstanden, weshalb Dirk auch die Polizei nicht rufen wollte. Getroffen hat ihn der neuerliche Anschlag aber enorm.«

Lena nickte. »Es ist eben der Beweis, dass Dirks Hotelfassade nicht zufällig für den gesprayten Spruch benutzt worden ist. Jemand will Dirk ärgern, ihn vielleicht sogar von der Lärchenalp vertreiben. Dazu passt im Übrigen auch, was ich Neues habe.«

»Aber nicht etwa noch mehr Feindseligkeiten gegen Dirk?« Sam trat nervös von einem Bein aufs andere. »Spann uns nicht auf die Folter. Schiess los!«

Lena schaute sich prüfend um. »Nein, lass uns lieber in dein Hotelzimmer gehen. Hier draussen hat es zu viele Ohren.«

Indiziensuche im Müll

Nachdem Lena über ihre Internetrecherche zu den Hotelbewertungen berichtet hatte, liess sich Sam stöhnend aufs Bett fallen.

»Das Ganze scheint wirklich genau geplant zu sein. So etwas nennt man gezieltes Mobbing!«

»Ich wusste gar nicht, dass es so einfach ist, jemandem anonym zu schaden«, bemerkte Matteo, der sich vorstellte, dass dies seinen Eltern genauso gut widerfahren könnte.

»Bei grossen Onlinebuchungs-Plattformen ist es nicht ganz so einfach. Da wird bei einer Hotelbewertung Reisedatum, Name, Wohn- und E-Mail-Adresse und zum Teil sogar die Buchungsnummer gefordert, aber auf der Homepage unseres Tourismusbüros war es bis anhin möglich, auch anonym zu bewerten. Meine Mutter und ihre Mitarbeitenden werden die offensichtlich gefälschten Bewertungen nun aber löschen und ihr System auf jeden Fall überdenken müssen.«

»Könnte man nicht herausfinden, wer diese Bewertungen verfasst hat – schliesslich kann man doch die IP-Adresse zurückverfolgen, oder?«, fragte Amélie, die in der Schule davon gehört hatte, dass keine Aktivität im Internet wirklich anonym war und jedem Computer, der sich mit dem Internet verband, eine eigene Zahlenkombination – die IP-Adresse – zugewiesen wurde.

»Ja, schon«, sagte Sam, » aber von meinem Vater weiss ich, dass zum Beispiel die Polizei nur im Falle eines schweren Verbrechens auf diese Daten zugreifen darf.« Sam merkte, wie neunmalklug er klang, gefiel sich aber irgendwie in der Expertenrolle. »Ansonsten bleiben diese Daten beim Internetanbieter. Es ist also nicht möglich, ohne dringenden Verdacht, an IP-Daten und damit konkrete Wohn-Adressen zu kommen.«

Wenn es ums Internet ging, war auch Lena ganz in ihrem Element. Sie wollte deshalb Sam in nichts nachstehen und ergänzte im selben etwas überheblichen Tonfall: »Natürlich benutzen Kriminelle deshalb öffentliche Netzwerke und sicher keine rückverfolgbare private Internet-Verbindung. Konkret heisst das in unserem Fall, dass diese Bewertungen zum Beispiel an einem öffentlichen Computer in einer Bibliothek oder in einem Internetcafé verfasst wurden und uns keinen Hinweis auf irgendwelche Tatverdächtigen liefern. Das ist also eine Sackgasse.« Zerknirscht blickte sie auf ihre Zehenspitzen.

»Tragen wir mal zusammen, was wir wissen, und planen dann unsere nächsten Schritte«, schlug Matteo vor, der rittlings auf dem Stuhl sass und die Arme um die Lehne geschlungen hatte.

Amélie nickte zustimmend, öffnete ihre Jackentasche und zog einen zusammengefalteten Zettel hervor, der sich als die am Vortag verfasste Liste der Verdächtigen entpuppte. Sie setzte sich ans Bett gelehnt auf den Boden und begann mit der Ergänzung bei Sven Halmstad, der aufgrund der neusten Entwicklungen zum Hauptverdächtigen geworden war. Alle waren sich einig, dass die Sache mit den Hotelbewertungen kein Zufall sein konnte.

»Bei Robert Kubiak und Paul Manser haben wir bisher erst Motive, aber noch keine Indizien, die darauf hinweisen, dass sie die Täter sein könnten«, dachte Amélie laut. »Und die Bertones«, sie schaute kurz zu Matteo, der sichtlich zusammenzuckte, »halten sowohl Dirk und Melanie als auch wir für viel weniger verdächtig, sodass wir uns zuerst auf die anderen konzentrieren sollten.«

Damit konnte Matteo leben. Seine Eltern waren noch nicht ganz aus dem Schneider, aber die Tatsache, dass sie zu Dirk immer eine gute Beziehung gepflegt hatten und selbst Ausländer waren, hatte die anderen offenbar fürs Erste von ihrer Unschuld überzeugt. Matteo glaubte zudem hundertprozentig sagen zu können, dass die vom Fenster aus beobachtete Gestalt weder sein Vater noch seine Mutter gewesen sein konnte. Insgeheim ärgerte er sich aber darüber, dass ihm nicht in den Sinn gekommen war, seine Eltern zu wecken und dabei zu überprüfen, ob sie auch beide im Bett lagen. Er vermied es allerdings tunlichst, diesen Gedanken mit seinen Freunden zu teilen, weil er sich schämte, noch immer einen Restverdacht gegen seine Eltern zu hegen.

»Genug herumgesessen, Leute!« Sam stand auf und zog die vor ihm sitzende Amélie an den Schultern mit hoch.

»Ganz meine Meinung«, stimmte ihm Lena zu, die nun endlich etwas Konkretes unternehmen wollte. »Wir teilen uns auf. Sam und Amélie gehen zu Dirk und fragen, ob sie sich den Müllsack noch einmal genau anschauen dürfen. Vielleicht lässt sich ja ein Hinweis finden, woher der Sack stammt. Matteo und ich suchen einen guten Grund, um Sven Halmstad zu besuchen und ihn vorsichtig zu befragen. Einverstanden?«

Etwas perplex, dass sich Lena plötzlich wie die Anführerin der MounTeens benahm, nickten die anderen zustimmend, wobei sie sich eingestehen mussten, dass die Vorschläge durchaus sinnvoll waren.

»Okay, gehen wir aber erst zu meinen Eltern, Lena«, sagte Matteo entschlossen. »Meine Mutter findet bestimmt einen guten Grund, weshalb wir dem Hotel Arvenhof einen Besuch abstatten müssen.« Die zwei waren bereits auf dem Weg nach draussen, als Amélie und Sam Lenas Plan ebenfalls zustimmten.

»Was sagt man dazu?« Amélie schüttelte den Kopf.

»Weg sind sie, die Chefin und ihr Assistent«, witzelte Sam und sah Amélie dabei mit hochgezogener Augenbraue an, dann prusteten sie los.

»Ach, Sam, nur damit das klar ist: Bei unserem Team ist die Rollenverteilung übrigens dieselbe«, sagte Amélie lachend.

»Ja, Mylady!«, sagte Sam unterwürfig, während er den Kopf senkte und sich vor Amélie leicht verbeugte. »Was befehlen Sie, gnädige Frau?«

»Lena hat recht. Wir müssen uns den Müllsack nochmals anschauen, falls er noch nicht mit dem Container ins Tal gebracht und von dort zur Verbrennungsanlage gefahren wurde.«

»Heute ist Sonntag – da ist bestimmt nichts weggefahren worden«, war sich Sam sicher. »Aber lass uns Dirk fragen.«

Kurz darauf betraten Amélie und Sam die Gaststube, wo Dirk hinter der Theke stand und die wenigen Gäste an der Bar bediente.

»Dirk, kannst du uns helfen?«

»Hallo, ich wusste gar nicht, dass ihr hier seid. Was kann ich für euch tun?«

Sam winkte Dirk nach draussen, wo sie ihn auf den neusten Stand ihrer Ermittlungen brachten. Zumindest äusserlich nahm er die neuen Hiobsbotschaften ruhig und gefasst entgegen.

»Das mit den Hotelbewertungen ist mir noch gar nicht aufgefallen. Letzte Woche waren ja auch keine Gäste im Hotel. Da habe ich natürlich nicht aufs Bewertungsportal geschaut.« Dirk strich sich nachdenklich mit der Hand übers Kinn. »Mag sein, dass noch nicht alle Gäste, die in den Herbstferien hier gewesen sind, eine Bewertung abgegeben haben. Aber zwanzig negative Bewertungen? Das ist unmöglich!« Er schaute Sam und Amélie unsicher an. »Und ihr meint wirklich, dass Sven dahintersteckt?« Ohne eine Antwort abzuwarten, schüttelte er energisch den Kopf, bevor er ihn in seinen Händen vergrub. »Diese Einträge müssen jedenfalls dringend gelöscht werden – die schaden mir einiges mehr als das bisschen Müll auf der Treppe. Mein Gott! Was ist denn los, dass plötzlich alles gegen mich läuft?« Er rieb sich die Augen. »Hat wirklich jemand vor, mich zu mobben? Und was ist das Ziel dieser Aktionen? Soll ich vielleicht von hier verschwinden?« Er atmete tief durch – dann war der kleine Moment der Resignation vorbei und er blickte wieder etwas zuversichtlicher. Fast trotzig antwortete er auf seine eigene Frage: »Nein, ich habe nichts Falsches getan und werde nicht so einfach aufgeben! Die Hotelfassade ist frisch gestrichen und der Müll weggeräumt. Das Hotel ist bereit für die Gäste. Und ich bin es auch!«

»Gut so, Dirk! Wir stehen hinter dir.« Sam klopfte Dirk aufmunternd auf die Schulter.

»Danke! Ihr sagtet vorher, ich solle euch helfen. Worum geht es denn?«

»Wo ist der Müllsack von heute Morgen jetzt?«

»Unten im Container, falls Robert diesen noch nicht zur Bergstation gebracht hat. Warum fragt ihr?«

»Wir möchten den Inhalt noch einmal genau anschauen. Vielleicht finden wir dabei ja heraus, von wem dieser Müllsack stammt. Irgendeine Adressetikette würde hierfür schon reichen. Kannst du uns ein paar Wegwerfhandschuhe aus der Küche geben und uns den richtigen Sack zeigen, sodass wir ihn auskippen und auf Hinweise untersuchen können?«

»Das ist sicher eklig!« Dirk versuchte, Sam und Amélie die Idee auszureden, stiess aber auf wilde Entschlossenheit, worauf er schulterzuckend nachgab.

Kurz darauf stiegen sie die Treppe hinunter zum Skiraum, von wo eine Tür in die Garage führte. Der unbeheizte Raum diente als Ablage- und Stauraum für allerlei Unnützes. Der Container stand neben einem schwarzen Schneemobil – einer Art Motorrad auf Kufen –, das Dirk für Transporte benutzte. Der besagte Müllsack war noch da. Dirk nahm ihn heraus, öffnete die Garagentür, legte eine Plastikplane in den Schnee vor der Garage und kippte den Inhalt darauf.

»Und nun viel Spass!«, mochte Dirk bereits wieder scherzen und gab Sam und Amélie die Wegwerfhandschuhe, bevor er skeptisch anfügte: »Ich glaube zwar nicht, dass ihr etwas findet, vor allem, wenn keiner weiss, wonach zu suchen ist.«

Dirk wandte sich um und machte sich auf in Richtung Terrasse, da er sich wieder um seine Gäste kümmern musste. »Aber, bevor ich es vergesse«, rief er über seine Schulter zurück, »auch wenn ich nicht daran glaube, dass uns die Aktion weiterbringt, finde ich es dennoch extrem cool von euch, dass ihr euch am Sonntagnachmittag für mich durch den Dreck wühlt.« Er grinste, während Sam eine angefaulte Orange in die Hand nahm und so tat, als würde er sie nach ihm werfen.

Sam und Amélie schauten sich leicht angeekelt an, bevor sie sich hinknieten und jedes einzelne Stück des Mülls von links nach rechts legten, während sie versuchten, gleiche Dinge einander zuzuordnen. Vielleicht liess sich ja so auf den Eigentümer des Sackes schliessen.

Bei der Sortieraktion stellte sich bald heraus, dass die Mehrheit der Abfälle Essensreste oder verdorbene Lebensmittel waren. Dazwischen fanden sich Verpackungen oder Teile davon, die ebenfalls hauptsächlich Lebensmittel beinhaltet hatten. Bei allen angeschriebenen Dingen achteten Amélie und Sam peinlich genau darauf, ob eine Adresse zu finden war.

»Fällt dir etwas auf, Sam?«, fragte Amélie, als sie alles sortiert hatten. Sie wartete seine Antwort gar nicht erst ab. »Das ist kein Müll-

sack aus einem normalen Haushalt. Es hat nichts Persönliches wie zum Beispiel Taschentücher, Papierfetzen oder Toilettenartikel darin. Alles hat mit Essen zu tun. Ich bin sicher, dass dieser Sack aus einer Hotelküche stammt.«

»Du hast recht!«, stimmte Sam ihr zu. »Dafür spricht auch, dass hier ganze Salatköpfe zu finden sind. In einem Privathaushalt wirft man selten einen ganzen Salat weg. Oder hier, drei nur halb gegessene Schnitzel. Das kommt sicher eher im Restaurant als zuhause am Familientisch vor.«

»Ja, und schau dir mal diese Verpackungen an«, kombinierte Amélie weiter, »die gehören alle zu grösseren Einheiten.« Sie kniete sich hin und studierte eine Plastikverpackung genauer. »Hier steht beispielsweise ›50 Feinkostbecher mit Deckel. Buttertöpfchen Kräuterbutter 30 ml‹. So etwas kauft man doch nur für ein grosses Restaurant, oder?«

Mit neuem Eifer durchsuchten sie alles ein zweites Mal – in der Hoffnung, ein klares Indiz dafür zu finden, von welchem Hotel auf der Lärchenalp der Müllsack stammte. Sie entdeckten jedoch auf keiner der Karton- oder Plastikverpackungen einen Namen oder eine Adresse, die sie weitergebracht hätte. Sie streiften die Handschuhe ab und blickten enttäuscht auf den vor ihnen liegenden, sortierten Müll.

»Dann muss halt die Kräuterbutter zur Lösung führen«, sagte Amélie halblaut vor sich hin und war sich plötzlich sicher, dass wohl nur eines der vier Hotels den »Feinkostbecher mit Deckel«

führte. Konnte es so einfach sein? Einen Versuch war es auf jeden Fall wert.

Sie holten Dirk, der sich vom Scharfsinn der beiden beeindruckt zeigte. »Ihr habt wohl recht, dass nur *ein* Restaurant hier oben diese Kräuterbutter-Töpfchen haben wird – das ist wirklich eine gute Spur. Mein Restaurant zum Beispiel führt dieses Produkt nicht. Aus meiner Hotelküche kann der Sack also schon mal nicht stammen.« Dirk kratzte sich nachdenklich am Hinterkopf. Er war unsicher, ob es richtig war, nun Nachforschungen anzustellen oder ob das nicht noch mehr böses Blut geben würde. Ein Blick in Sams entschlossenes Gesicht und Amélies vor Tatendrang leuchtende Augen spülten aber jegliche Zweifel weg. Was gab es schon zu verlieren?

»Ich habe eine Idee«, sagte Sam aufgeregt. »Amélie und ich klappern die anderen drei Hotels ab und fragen nach Kräuterbutter-Portionen, die wir angeblich für dich holen müssen, da dir die Kräuterbutter ausgegangen sei. Okay?«

Dirk lachte. »Wir machen die Kräuterbutter zwar selbst, aber das weiss wohl niemand. So gesehen könnte das klappen.« Er wurde wieder ernst. »Aber ihr müsst mir versprechen, dass niemand erfährt, dass ihr wegen des Müllsackes Nachforschungen anstellt. Ich möchte auf keinen Fall, dass die anderen Hoteliers denken, ich schicke nun euch Jugendliche zum Spionieren.«

»Keine Sorge, Dirk«, versicherte ihm Sam, »wir werden sehr diskret sein.«

Überraschung im Arvenhof

In der Zwischenzeit waren Matteo und Lena nicht untätig gewesen. Matteo hatte seiner Mutter gesagt, Lena und er müssten für Dirk einen Botengang zu Sven Halmstads Hotel erledigen, und sie gefragt, ob sie nicht auch gleich noch etwas mitzugeben habe. Erst war sie überrascht und leicht misstrauisch gewesen, dann jedoch hatte sie lächeln müssen und sich das gute Benehmen ihres Sohnes mit Lenas Gegenwart erklärt. Sie war in den Keller gegangen und mit einem halbvollen Plastiksack wieder zurückgekommen, den sie Lena und Matteo überreicht hatte. Darauf hatten sich Lena und Matteo in dessen Zimmer zurückgezogen, um sich die Strategie für ihren Besuch bei Sven Halmstad zurechtzulegen.

Nun waren sie auf dem Weg zum Hotel Arvenhof, das ganz am Rande der kleinen Lärchenalp-Siedlung lag, was für Lena und Matteo einen fünfminütigen Spaziergang in Richtung Schlittelweg bedeutete. Während sie nebeneinander über den im Sonnenlicht gleissenden Schnee gingen, schauten sie hinauf zu den Pisten, die auch am zweiten Tag des Saisoneröffnungswochenendes nur wenig bevölkert waren. Noch zwei Wochen, dann würde hier wieder mehr los sein – die Weihnachtsferien standen vor der Tür, womit die Wintersaison für die Gastbetriebe auf der Lärchenalp jeweils erst so richtig begann.

Matteo hoffte inständig, dass der Fall bis dann aufgeklärt sein würde. Die Feindseligkeiten gegen Dirk mussten aufhören!

Lena betrachtete Matteo von der Seite. Er war eigentlich ein wirklich feiner Kerl, dachte sie. Wie er so unbekümmert neben ihr herging, mit dem Plastiksack seiner Mutter in der linken Hand, fragte sie sich plötzlich, warum sie eigentlich nicht Matteos rechte Hand halten sollte. Sie verwarf den Gedanken aber gleich wieder, schliesslich hatte sie noch nie einen richtigen Freund gehabt – jedenfalls keinen, den sie an der Hand gehalten oder gar geküsst hätte. Woran das eigentlich liegen mochte, fragte sie sich etwas wehmütig. War sie zu kess? Mehrere Erwachsene hatten sie bereits so bezeichnet und selbstverständlich hatte Lena den Begriff im Online-Lexikon nachgeschlagen. Dabei hatte sie zufrieden festgestellt, dass die Bezeichnung grundsätzlich ganz gut passte. Da stand »1. jung und hübsch und dabei unbekümmert; 2. [auf nicht verletzende Weise] frech, respektlos, ein bisschen vorlaut; 3. auf freche Weise modisch, flott«. Sie musste beim Gedanken an diese Definitionen grinsen und strich für sich nur das Wort »respektlos« aus der Beschreibung.

Lena war tatsächlich hübsch und stets ausgefallen gekleidet. Sie galt als schnelle Denkerin, wortgewandt und schlagfertig. Oft lag ein leicht spöttisches Lächeln auf ihrem Gesicht. Ihre furchtlose Art und der wache Verstand nötigten den Jungs Respekt ab, allerdings waren sie von ihr eher eingeschüchtert als bezaubert. Manchmal spielte Lena mit dieser Lässigkeit und Überlegenheit, die sie ausstrahlte, und gefiel sich recht gut in der Rolle der »Coolen«, aber in Momenten wie diesem, wo sie sich wegen der heiklen Befragung von Sven Halmstad selbst ein wenig unsicher fühlte, wäre sie auch gerne einfach das kleine Mädchen gewesen und von jemandem beschützt und aufgemuntert worden.

»Woran denkst du, Lena?«

»An nichts Besonderes«, antwortete Lena schnell. Dass sie dabei die Augen niederschlug, fiel hinter der spiegelnden Sonnenbrille kaum auf. Allerdings war auch ihr Gesicht ganz rot angelaufen. Ob Matteo das nun merkte, fragte sie sich. Hatte er ihr schon vorher angesehen, was ihr durch den Kopf gegangen war?

Jedenfalls blieb er nun stehen und wandte sich zu ihr um. Mit seinen dunkelbraunen Augen blickte er sie treuherzig und interessiert an. Einen Moment lang gab sich Lena der Hoffnung hin, er würde sie nun einfach an sich drücken, doch Matteo schien – wie alle anderen Jungs – in ihr einfach nur den guten Kumpel zu sehen. Er formte mit Zeige- und Mittelfinger in durchaus aufmunternd gemeinter Weise ein »V« für »Victory« – offenbar hatte er ihr also gewisse Zweifel angesehen – und sagte: »Easy, Mann! Wir schaffen das schon.«

Hatte er tatsächlich »Mann« gesagt? Eindrücklicher hätte Matteo ihr nun wirklich nicht zeigen können, dass er sie wie einen männlichen Freund behandelte. Am Abend würde er wohl nicht einmal mehr wissen, welche Farbe ihre Skijacke oder ihr Halstuch hatten. Er schien sie kein bisschen als Mädchen zu betrachten. Als sie sich vorher in Matteos Zimmer Jacke und Pullover ausgezogen hatte, war ihm nicht einmal in den Sinn gekommen, einen verstohlenen Blick auf ihre immer weiblicher werdenden Rundungen zu werfen. Okay, dachte Lena, das galt es wohl zu akzeptieren. Er interessierte sich einfach nicht für sie. Ob er auf eine andere stand? Genügend Auswahl hätte er jedenfalls – vor allem die Mädchen der sechsten Klasse fanden ihn süss. Wenn er mit seiner Fussballmannschaft kickte, fieberten wohl nicht wenige wegen ihm an der Seitenlinie mit. Matteo aber schien das gar nicht zu bemerken und verschwendete seine Gedanken viel lieber an den FC Barcelona oder an die Top-Kicker Europas als an Mädchen, was ja auch sein gutes Recht war, wie Lena fand. Sie verdrängte die kurz aufgekeimten romantischen Gedanken und sah in Matteo im selben Augenblick wieder den verlässlichen und stets gut gelaunten Kumpel, den sie so mochte. »Klar, Mann!«, entgegnete sie mit möglichst tief und unerschrocken klingender Stimme, während sie ihn freundschaftlich und etwas heftiger als geplant in den Oberarm boxte.

»Du Hexe!«, sagte Matteo und rieb sich die getroffene Stelle. Dabei verzog er sein Gesicht und tat so, als litte er unter grossen Schmerzen.

Immerhin war die Bezeichnung für sie dieses Mal weiblich gewesen, dachte Lena amüsiert, wenngleich sie »Hexe« nicht gerade schmeichelhaft fand. »Simulant – typisch Fussballer!«, neckte sie ihn, doch Matteo ging nicht weiter darauf ein.

»Gehen wir lieber nochmals durch, wie wir es machen wollen«, entgegnete er stattdessen. »Wir übergeben Sven den Plastiksack mit den besten Grüssen und einem herzlichen Dank von meiner Mutter, dann frage ich ganz nebenbei, ob er auch schon so viele Buchungen für die Weihnachtsferien wie meine Eltern hat.«

»Genau«, nickte Lena. »Und dann sage ich, meine Mutter freue sich, dass in letzter Zeit so viele positive Bewertungen für sein Hotel abgegeben worden sind.«

»Mal sehen, wie er reagiert«, brummte Matteo mit grimmigem Blick, den Lena so bei ihm noch nie gesehen hatte. Er schien von Svens Schuld bereits überzeugt zu sein. »Ich werde jedenfalls nachher überrascht zu dir sagen, dass Dirk ganz am Boden zerstört sei, weil er zwanzig negative Bewertungen erhalten habe. Du wirst sehen, Svens Miene wird verraten, was er darüber weiss.«

Sie waren beim Hotel Arvenhof angekommen. Auf der fast menschenleeren Hotelterrasse sass Marvin vor einem Glas Bier.

»Hallo Marvin!«, begrüsste ihn Matteo mit einem leichten Stirnrunzeln.

»Hallo zusammen!« Marvin schien Matteos Gedanken erraten zu haben und zeigte auf das Getränk. »Ich hatte Frühschicht und bin seit einer halben Stunde nicht mehr im Dienst.«

Matteo nickte. »Gehts dir besser heute?«

»Nun, die Wunden heilen halt nicht so schnell, aber heute bin ich ganz zufrieden – danke!«

Lena, die das Gespräch in der Gondel nicht mitbekommen hatte, fragte verwirrt: »Wovon sprecht ihr überhaupt? Was für Wunden?«

»Ach, Kinder, lasst uns doch von etwas Schönerem sprechen. Ich hänge sowieso schon zu oft den Erinnerungen nach.«

»Weisst du, wo Sven ist?«, beeilte sich Matteo zu sagen, um das Thema möglichst schnell zu wechseln. Marvin deutete wortlos auf die Gaststube, wobei er gedankenverloren an Lena und Matteo vorbeiblickte.

»Er hat Liebeskummer«, raunte Matteo Lena zu, nachdem sie sich von Marvin verabschiedet und ein paar Schritte entfernt hatten.

Lena hätte sich am liebsten auf die Zunge gebissen. »Und ich frage noch so saudumm nach.«

»Mach dir nichts draus«, beruhigte sie Matteo. »Das konntest du ja nicht wissen. Schau, da ist Sven. Konzentrieren wir uns auf unseren Plan.«

Sven Halmstad sah aus wie ein Geschäftsmann – ein unauffälliger, mittelgrosser, gut gekleideter, aber etwas steifer Mann mit randloser Brille, der trotz der Bergluft und viel Sonne blass und eher ungesund wirkte. Wäre sein Name nicht schwedisch gewesen, hätte man kaum auf eine skandinavische Herkunft getippt. Er hatte kurze dunkle Haare mit ersten grauen Strähnen an den Schläfen und wirkte mit seiner übertrieben freundlichen Art und dem Zahnpasta-Werbung-Grinsen viel eher wie ein mittel- oder südeuropäischer Versicherungsagent, der um seine Kunden tänzelte und sie händereibend umsorgte. Im Moment sprach Sven in dieser seltsam unterwürfigen und dennoch geschäftigen Weise mit einem älteren Ehepaar, dem er wohl einen extra zu bezahlenden Service des Hotels aufschwatzen wollte, wie Matteo vermutete. Offenbar hatte er keinen Erfolg, denn die Gäste winkten dankend ab, worauf er sich mit höflicher Verbeugung von ihnen wegdrehte und dann überrascht aufblickte.

»Hallo Matteo, wen hast du denn da mitgebracht?«

»Ich bin Lena Sander, hallo Herr Halmstad!«, stellte sich Lena gleich selbst vor. »Bestimmt kennen Sie meine Mutter, Anna Sander.«

Ein Lächeln huschte über das Gesicht des Hoteliers, was Lena so interpretierte, dass Sven, der etwa gleich alt wie ihre Mutter war, die Tourismusdirektorin lebhaft vor Augen hatte. »Ja, deine Mutter ist eine tolle Frau«, bemerkte er vieldeutig. »Nenne mich doch bitte Sven – so wie alle hier oben auf der Alp.« Er schaute Matteo und Lena interessiert an. »Was führt euch denn zu mir?«

»Wir bringen diese Sachen hier mit bestem Dank von meiner Mutter zurück.«

Sven nahm den Plastiksack entgegen, musterte kurz dessen Inhalt und schüttelte den Kopf. »Das hätten deine Eltern doch gerne behalten dürfen, Matteo, aber danke fürs Zurückbringen!«

Er wollte sich verabschieden, merkte dann aber, dass Lena und Matteo noch zögerten. »Ist sonst noch etwas?«, fragte er freundlich, worauf kurz peinliche Stille herrschte.

Das lief aber gar nicht wie geplant, dachte Matteo. Er hätte schneller und natürlicher ein Gespräch beginnen müssen.

»Hast du auch schon so viele Hotelbuchungen für Weihnachten?«, beeilte er sich deshalb zu sagen. »Meine Eltern sagen, es seien dieses Jahr ausserordentlich viele.«

»Ja, ich kann nicht klagen.« Mehr wollte Sven offenbar nicht sagen.

»Meine Mutter hat mir erzählt, dass der Arvenhof in letzter Zeit sehr viele positive Bewertungen auf der Homepage von Bad Lärchenberg erhalten habe«, sagte Lena so beiläufig wie möglich. »Das hat dich bestimmt gefreut, oder?« Irgendwie klang aber alles furchtbar aufgesetzt. Einen Gesprächsverlauf zu planen und das Ganze dann auch noch spontan wirken zu lassen, entpuppte sich als schwieriges Unterfangen.

Sven wirkte ehrlich überrascht. »Ist das so? Ich habe seit Wochen nicht mehr geschaut, was an Bewertungen reingekommen ist. Ich war mit dem Ausbau des Untergeschosses viel zu beschäftigt, um mich darum zu kümmern.« Er machte eine einladende Geste Richtung Keller. »Wollt ihr nachher kurz schauen gehen? Im Keller ist für meine Gäste eine kleine Sauna eingebaut worden.« In seinem Gesicht widerspiegelten sich Stolz und Zufriedenheit – keine Spur von schlechtem Gewissen wegen der eventuell absichtlich gefälschten Hotelbewertungen. »Ich musste dafür in der Werkstatt etwas Platz einsparen und eine neue Mauer errichten lassen, damit man beim Gang zum Kaltwasserbecken nicht in Hobelspäne und Nägel tritt.« Er lächelte zufrieden. »Es ist wirklich schön geworden.«

Lena war verunsichert. Sven verhielt sich nicht wie erwartet und entsprach auch nicht ihrem Bild eines Täters. Ganz im Gegenteil – sie fand ihn sogar recht sympathisch. War er nur ein guter Schauspieler oder tatsächlich unschuldig? Je mehr sie darüber nachdachte, desto unwahrscheinlicher schien es ihr, dass Sven etwas mit dem Mobbing gegen Dirk zu tun hatte.

Matteo gab noch nicht auf und hielt weiter am Schlachtplan fest. »Dirk hingegen leidet unter extrem schlechten Hotelbewertungen«, sagte er mit kaum überhörbarem Unterton in der Stimme.

»Als ob er nicht schon genug anderes um die Ohren hätte! Armer Dirk!« Sven zeigte aufrichtig wirkendes Mitgefühl. »Aber so ist es halt im Hotelgeschäft. Ich hatte auch schon eine Zeit, in der ich mir nicht erklären konnte, weshalb plötzlich so viele Gäste unzufrieden waren. Es ist wohl Zufall, wie die Bewertenden gerade gelaunt sind.« Sven machte eine wegwerfende Handbewegung, mit welcher er zu verstehen gab, dass man solche Sorgen getrost vergessen konnte und als Hotelier darüber zu stehen hatte. »Ich werde Dirk gleich noch anrufen und ihm sagen, dass er jederzeit mit meiner Unterstützung rechnen kann, wenn er etwas braucht.«

Matteos Zweifel waren verflogen. Sein Bauchgefühl sagte ihm, dass sie sich hier auf dem Holzweg befanden. Nichts deutete darauf hin, dass Sven hinter den Gemeinheiten gegen Dirk steckte. Seine Freundlichkeit und Anteilnahme schienen echt. Er suchte

Lenas Blick und sah seinen Eindruck in ihren Augen bestätigt. Sie nickten sich unmerklich zu.

»Zeigst du uns noch die neue Sauna, bevor wir wieder gehen müssen?«

»Gerne.«

In diesem Moment klingelte Svens Handy. Nach seiner sorgenvollen Miene zu urteilen, schien es sich um einen Notfall zu handeln. »Ja, verstehe. Ich komme gleich.« Er hängte auf, entschuldigte sich und drückte Matteo den Plastiksack wieder in die Hand. »Ich muss dringend zur Gondelbahn. Einer meiner Gäste hat sich wohl bei einem Sturz die Hand gebrochen und wird nun ins Spital gebracht. Er hätte gerne noch ein paar seiner Sachen aus dem Hotel mitgenommen, die ich ihm schnell bringen muss. Geht doch einfach selbst ins Untergeschoss und hängt den Plastiksack neben der Sauna an die Werkstatt-Tür, bitte. Ich räume ihn dann später aus.«

Wenig später bestaunten Lena und Matteo die schmucke eingebaute Sauna-Kabine und den danebenstehenden Kaltwasser-Bottich, der über ein Treppchen bestiegen werden konnte.

»Das ist wirklich toll geworden«, sagte Lena beeindruckt. Ihr Blick fiel auf die Tür zur Werkstatt. »Vergiss nicht, die zurückgebrachten Sachen hierzulassen.«

Matteo nickte, doch als er den Sack an die Türklinke der Werkstatt hängen wollte, entglitt er ihm, worauf der Inhalt metallisch scheppernd aufschlug. Erschrocken bückte er sich und warf einen

Blick in den Sack, um zu prüfen, ob noch alles ganz war. Was er darin entdeckte, liess sein Blut in den Adern gefrieren. Neben zwei Farbtöpfen mit schwarzer Farbe und mehreren Pinseln enthielt der Plastiksack auch ... – eine schwarze Spraydose!

»Berti, das muss doch nichts bedeuten!«, sagte Lena aufmunternd und legte Matteo die Hand auf die Schulter. »Bestimmt findet sich eine logische Erklärung dafür, dass Sven von deinen Eltern eine Spraydose mit schwarzer Farbe zurückerhält.« Lena bemerkte, dass sie selbst nicht ganz überzeugt war und ein leichter Zweifel in ihrer Stimme mitschwang. Sie brauchte das Matteo nicht einmal zu sagen – er spürte es auch so.

Die beiden hatten die Spraydose kurz untersucht und festgestellt, dass sie fast leer war. Matteo war so erschüttert, dass er den Plastiksack schnell an die Türklinke gehängt hatte und dann regelrecht aus dem Hotel gestürmt war, sodass Lena ihm nur mit Mühe hatte folgen können.

Nun sassen sie auf einer Bank neben dem Hotel Arvenhof und Matteo schaute kopfschüttelnd zu Boden. Das durfte doch einfach nicht wahr sein. War das wirklich nur Zufall oder steckte mehr dahinter? Konnte es sein, dass seine Eltern von Sven eine schwarze Spraydose und weitere Sachen ausgeliehen hatten, um dann von Freitag- auf Samstagnacht diesen Spruch an Dirks Hotelfassade zu sprayen? War sein Vater zum Hotel Montana geschlichen, während seine Mutter aufgepasst hatte, dass er von niemandem beobachtet wurde? Nein, das war schlicht undenkbar. Nicht seine Eltern! Aber was sollte er nun tun? Sie darauf ansprechen oder wie Verdächtige behandeln und genau beobachten? Er beschloss, sie möglichst bald zur Rede zu stellen. Diese Ungewissheit musste ein Ende haben.

»Schau, da kommen Amélie und Sam!« Lena versuchte, Matteo aus seinen trüben Gedanken zu reissen. »Sie sehen ganz aufgeregt aus. Vielleicht haben sie ja beim Untersuchen des Müllsackes etwas entdeckt!«

Matteo war tatsächlich froh um die Ablenkung. Er richtete sich auf. Der Anblick seiner Freunde, die mit geröteten Wangen herbeigeeilt kamen und winkten, liess ihn das bevorstehende schwierige Gespräch mit seinen Eltern vorübergehend vergessen.

»Was habt ihr herausgefunden?«, fragten die vier fast gleichzeitig, bevor sie der Reihe nach über die neuen Vermutungen und Verdachte berichteten.

Matteo und Lena erfuhren, dass Amélie und Sam ihre Nachforschungen bereits begonnen und als Erstes den Küchenchef des Hotels Regina gefragt hatten, ob er Dirk mit Kräuterbutter-Portionen aushelfen könne. Auf der Speisekarte des Hotels Regina befand sich allerdings gar kein Gericht mit Kräuterbutter, sodass der Küchenchef bedauernd den Kopf geschüttelt hatte.

»Bin ich froh, dass wenigstens diese Spur nicht zum Hotel meiner Eltern führt«, sagte Matteo erleichtert. Zuvor hatte er ziemlich bedrückt vom Gespräch mit Sven und der Entdeckung der Spraydose erzählt und zerknirscht angefügt, dass seine Eltern wohl ebenfalls wieder zum Kreis der Verdächtigen gezählt werden mussten.

»Mensch, Berti!«, beruhigte ihn Sam, »ich verdächtige deine Eltern kein bisschen.« Er legte ihm den Arm um die Schulter. »Daran ändern auch die Malsachen nichts. Lass uns jetzt erst einmal klären, wer solche Kräuterbutter-Portionen benutzt. Danach kümmern wir uns um die Frage, wozu deine Eltern die Farbe brauchten.«

»Einverstanden.« Matteo war wieder etwas zuversichtlicher und dankbar, dass Sam offenbar an die Unschuld seiner Eltern glaubte. »Echt nett von dir, Mann!«

»Wir stehen alle hinter dir, Matteo – die MounTeens halten doch immer zusammen«, sagte Amélie beschwörend und zeigte mit einer unmissverständlichen Geste an, dass sie nun nicht mehr reden, sondern handeln sollten. »Los, machen wir beim Arvenhof weiter!«

»Sven ist nicht da, also gehen wir direkt in die Küche!«, sagte Lena und folgte ihrer Freundin, die bereits auf der Hotelterrasse stand.

Matteo hielt Sam zurück und rief den Mädchen zu, dass es wohl eher etwas seltsam aussehe, wenn sie zu viert wegen Dirks Kräuterbutter-Frage aufkreuzten. Lena und Amélie hoben den Daumen und betraten das Hotel.

Die Jungs studierten unterdessen die ausgehängte Speisekarte und stiessen auf »Entrecôte mit Kräuterbutter«.

»Hier könnten wir fündig werden«, flüsterte Sam aufgeregt. »Ich bin ja mal gespannt.«

Wenig später waren Lena und Amélie zurück – einer der Köche hatte ihnen bereitwillig eine Plastikverpackung mit sechs Kräuterbutter-Rosetten ausgehändigt und Dirk herzlich grüssen lassen.

»Und?«, fragte Matteo neugierig. »Ist es die gleiche Verpackung, die ihr gefunden habt?«

Sam schüttelte den Kopf. »Nein, leider nicht. Es ist eine ganz andere Marke. Zudem ist das hier keine Einzelportion, sondern ein Sechser-Pack.«

»Ich habe den Koch natürlich gefragt, ob er auch einzelne Kräuterbutterportionen – also Töpfchen mit Deckel habe, doch er meinte, sie verwendeten seit Jahren nur immer dieses Produkt.«

»Operation Kräuterbutter geht also in die dritte Runde. Auf zum Hotel Alpenblick!« Lena rieb sich vergnügt die Hände. Detektivin zu spielen, machte ihr sichtlich Spass.

Wenig später standen die MounTeens vor dem ältesten und traditionsreichsten Hotel der Lärchenalp. Paul Manser hatte es vor dreissig Jahren im Chalet-Stil bauen lassen. Bis heute strahlte es durch seine massive Holzkonstruktion einen urtümlichen Charme aus, der sich auch in der Gaststube wiederfand. Der typische Geruch nach Raclette und Käsefondue und die rot-weiss gemusterten Tischdecken und Vorhänge mit Edelweiss-Dekor waren dabei genauso wenig wegzudenken wie die Hirsch- und Gämsköpfe, die als Jagdtrophäen an den Wänden hingen. Die Gemütlichkeit verdankte das Hotel aber insbesondere der Gastfreundlichkeit des leutseligen Hoteliers Paul Manser. Er war ein älterer, rundlicher Mann mit Glatze und einem pausbäckigen Gesicht, dessen Lachfalten im Gesicht sogar sichtbar blieben, wenn er schlechte Laune hatte. Paul Manser war ein Original, kannte jeden und wurde auch als »König« der Lärchenalp bezeichnet, was durchaus positiv gemeint war. Man schätzte seinen Einsatz für die Ferienregion und die langjährige Präsenz, die er nur schon durch seine stattliche Figur markierte.

Auch heute sahen ihn die MounTeens von Weitem. Er stand vor seinem Hotel und unterhielt sich wild gestikulierend mit Robert Kubiak.

»Seltsam«, dachte Matteo laut, »was sich die beiden wohl zu sagen haben?« Er sah genauer hin. »Sie scheinen zu streiten.«

»Lasst uns unauffällig näher gehen und etwas diskutieren, während wir ihrem Gespräch zu folgen versuchen«, sagte Lena.

»Oder wir tun so, als ob wir meinen verloren gegangenen Ohrring suchen würden«, schlug Amélie vor und nahm einen ihrer Ohrstecker heraus.

»Super Idee!«, meinte Matteo und begann bereits, intensiv auf den Boden zu starren.

Als sich die MounTeens Herrn Manser und Robert bis auf einige Meter genähert hatten, trug der Wind erste Gesprächsfetzen zu ihnen herüber.

»Du hättest doch nicht gleich übertreiben müssen, Robert! War das wirklich nötig?« Paul Manser schien tatsächlich leicht aufgebracht zu sein.

»Es schien mir die einzige Möglichkeit, ihn loszuwerden«, verteidigte sich Robert etwas lauter als nötig.

»Was hat Dirk gesagt nach deiner Aktion?«

»Dirk ... – oh, hallo zusammen. Sucht ihr etwas?« Robert hatte die MounTeens entdeckt und blickte sie fragend an. Paul Manser wandte sich ihnen ebenfalls zu und lächelte freundlich.

»Habt ihr etwas verloren?«

»Ja, wir suchen meinen zweiten Ohrring, den ich irgendwo hier verloren haben muss.« Amélie wirkte echt traurig und zeigte auf den einzelnen Ohrring in ihrer Hand.

Sam musterte sie anerkennend. Tolle schauspielerische Leistung, wie er fand. Er kniete sich in den Schnee, um seiner Rolle ebenfalls noch etwas Nachdruck zu verleihen, wobei er mit den Händen über den Schnee fuhr. »Der wird aber nur schwierig zu finden sein, Amélie«, sagte er seufzend.

Während die MounTeens noch vorgaben, weiter nach dem Schmuckstück zu suchen, verabschiedete sich Robert von Paul Manser, sodass dieser sich nun ganz den MounTeens widmete und ebenfalls auf allen vieren im Schnee herumkroch.

»Herr Manser, Sie sind wirklich zu freundlich«, bedankte sich Amélie. »Aber ich glaube, Sam hat recht. Wir müssen die Suche wohl abbrechen, weil ich auch nicht ganz sicher bin, wo der Ohrring verloren gegangen sein könnte.«

»Ausserdem sollten wir nicht vergessen, dass wir auch noch in Dirks Auftrag da sind.« Sam war aufgestanden und wartete, bis

Herr Manser sich ebenfalls erhob. »Dirk ist die Kräuterbutter ausgegangen. Er hat uns deshalb geschickt, um zu fragen, ob Sie noch Einzelportionen haben, die Sie uns mitgeben könnten. Wir hätten auch Geld dabei.«

»Aber natürlich, kein Problem!«, antwortete der Hotelier und ging Richtung Kücheneingang. »Ihr braucht auch bestimmt nichts zu bezahlen. Unter Hotelbesitzern helfen wir uns doch gerne – und selbstverständlich ohne Gegenleistung.«

Als er in der Küche verschwunden war, steckten die MounTeens die Köpfe zusammen.

»Habt ihr gehört, was Herr Manser zu Robert gesagt hat?«, fragte Matteo triumphierend. »Er hätte doch nicht gleich übertreiben müssen. Und ob das wirklich nötig gewesen sei. Es klang für mich so, als ob sie von Dirk gesprochen hätten. Eventuell stecken die unter einer Decke, wobei Herr Manser Robert angestiftet hat, etwas gegen Dirk zu unternehmen, dann aber die Aktionen mit dem aufgesprayten Schriftzug und dem ausgekippten Müllsack irgendwie übertrieben gefunden hat. Was meint ihr?«

Lena stimmte ihm zu. »Dazu passt auch, dass Robert gesagt hat, das sei die einzige Möglichkeit gewesen, ihn loszuwerden. Ich spüre es. Wir sind auf der richtigen Spur!«

»Seid ruhig, er kommt zurück!«, zischte Matteo.

Paul Manser überreichte Sam einen weissen Plastiksack. »Hier, diese Einzelportionen brauche ich ab und zu, wenn es sich wegen der wenigen Menüs nicht lohnt, frische Kräuterbutter zu machen.

Richtet Dirk meine besten Grüsse aus und sagt ihm, er könne jederzeit auf meine Hilfe zählen.«

Die MounTeens bedankten sich höflich und machten sich schnell auf den Rückweg.

Kaum waren sie aus Herrn Mansers Blickfeld verschwunden, öffneten sie den Plastiksack. Endlich! Es waren die exakt gleichen Kräuterbutter-Töpfchen, die Sam und Amélie im Müllsack entdeckt hatten!

»Ha, endlich ein Beweis!«, jubelte Sam.

Lena bremste die aufkommende Euphorie. »Das bedeutet zwar vielleicht, dass der Müllsack aus Herrn Mansers Container stammte, aber es ist noch kein Beweis, dass er auch hinter den Gemeinheiten gegen Dirk steckt.«

»Wenn man aber bedenkt, was er zu Robert gesagt hat, finde ich schon, dass er verdächtig ist«, stimmte Amélie Sam zu.

Matteo wiegte den Kopf hin und her. »Ich verliere so langsam den Überblick. Lasst uns mal in unser Hauptquartier gehen und alles der Reihe nach durchdenken.« Sam mochte den Begriff »Hauptquartier«, schliesslich war es ja einfach sein Hotelzimmer. Ganz offensichtlich waren sie nun aber eine ermittelnde Truppe, was dem bisherigen Rückzugsort eine ganz neue Bedeutung verlieh.

Der Lack ist ab

Die Sonne stand bereits tief am Himmel, als die MounTeens Sams Hotelzimmer betraten. Die Nachforschungen hatten den ganzen Sonntagnachmittag in Anspruch genommen.

»Was für ein Wochenende!«, sagte Sam mit einer Mischung aus Erschöpfung und Verwunderung und legte sich aufs Bett.

»Ich versuche mal zusammenzufassen, was passiert ist und was wir bereits wissen. Ihr ergänzt dann, wenn ich etwas vergessen habe, okay?« Lena war zweifellos die Denkerin, weshalb niemand Einspruch erhob. »Vorgestern Nacht, irgendwann zwischen Freitagabend und Samstagmorgen sprayt jemand den Spruch ›Hau ab, Ausländer‹ an Dirks Hotelfassade. Gestern Nacht wird ein Müllsack vor dem Hoteleingang ausgekippt. Zudem hat jemand die Hotelbewertungen auf der Homepage von Bad Lärchenberg manipuliert. Das alles sieht nach gezieltem Mobbing gegen Dirk aus – eventuell, um ihn von der Lärchenalp zu vertreiben. Der erste Verdacht gegen Alex und Tom, die in Dirks Hockeyteam sind und selten spielen konnten, war falsch.«

»Musst du das nochmals erwähnen?«, fuhr Sam leicht ungehalten dazwischen. »Ich weiss ja, dass ich übers Ziel hinausgeschossen bin!«

»Sam, ich fasse nur zusammen – ich sage nicht, was richtig oder falsch war«, konterte Lena ruhig, worauf Sam zerknirscht nickte. Lena fuhr unbeirrt weiter: »Es gibt einige Personen, die gute

Gründe hätten, auf Dirk wütend zu sein, zum Beispiel die Hoteliers auf der Lärchenalp. Sven Halmstad ist möglicherweise verärgert, weil ihm Dirks Trottinett-Idee das Geschäft mit dem Mountainbike-Verleih vermiest. Ihn hatten wir wegen der gefälschten Hotelbewertungen im Visier, aber er schien ehrlich überrascht, als wir ihn darauf ansprachen. Paul Manser könnte auf Dirk wütend sein, weil er ihm mit den tiefen Preisen die Gäste streitig macht. Herrn Manser verdächtigen wir, weil der Müllsack fast sicher von ihm stammte und weil er mit Robert eine auffällige Diskussion hatte. Die Familie Bertone ist am wenigsten verdächtig, aber Matteo muss noch klären, wofür sie die Spraydose gebraucht haben. Zuletzt ist da noch Robert Kubiak, der seit dem Pächterwechsel im Hotel Montana schon öfter mit Dirk gestritten hat. Ihn haben wir belauscht und gehört, dass er in Zusammenhang mit Dirk irgendetwas getan hat, was eventuell übertrieben war. Habe ich etwas vergessen?«

»Nein, ich glaube nicht«, Amélie dachte angestrengt nach, »ausser vielleicht, dass alle Hoteliers hier oben extrem freundlich und hilfsbereit sind – keine Spur von Neid, Wut oder Hass.«

»Ja, einzig Robert wirkt irgendwie abweisend und in sich gekehrt«, bemerkte Matteo und rutschte ungeduldig auf seinem Stuhl hin und her. Soeben war ihm wieder bewusstgeworden, dass am Abend noch ein unangenehmes Gespräch mit seinen Eltern bevorstand. Er hatte keine Ahnung, wie er seine Fragen zu den Malsachen formulieren sollte, ohne dabei anklagend zu wirken.

»Beweisen können wir aber noch gar nichts«, sagte Lena nun nüchtern. »Wir müssen wohl abwarten, was weiter geschieht, und dabei die Verdächtigen im Auge behalten.«

»Ganz sicher sollten wir aber noch einmal mit Dirk sprechen. Vielleicht kann er ja aus den Puzzleteilchen ein ganzes Bild machen.« Sam schaute auf die Uhr. »Heute wird es aber nicht mehr reichen. Ich muss dringend die nächste Gondel erwischen, wenn ich um achtzehn Uhr zuhause sein will.«

»Oh, ist es schon so spät?«, fragte Lena erschrocken.

»Ich komme auch mit, Sam!« Amélie war ebenfalls aufgestanden und wandte sich zum Gehen, sodass einzig Matteo sitzen blieb.

»Geht nur, ich schliesse hier ab«, sagte er, »ich muss mich vor dem Gespräch mit meinen Eltern bloss kurz sammeln.«

»Falls du etwas herausfindest, lass es uns heute Abend noch wissen. Und sonst sehen wir uns morgen in der Schule.« Sam zog seine Jacke an und ging als Letzter aus der Tür.

»Tschüss Matteo, viel Glück!«

»Kann ich gebrauchen. Bis dann!«

Fünf Minuten später stand Matteo am Tresen der nicht besetzten Rezeption und hängte den Schlüssel zu Sams Hotelzimmer deshalb selbst an den entsprechenden Haken. Aus dem Büro nebenan waren Stimmen zu vernehmen. Matteo konnte nicht anders, als sich der geschlossenen Tür einige Schritte zu nähern.

Was er hörte, gefiel ihm gar nicht. Kein Zweifel, dass sich Dirk und Melanie stritten.

»Wie kannst du mich jetzt so hängen lassen?«, fragte Melanie aufgebracht.

»Ich lasse niemanden hängen. Es war schon lange geplant, dass ich zwischen dem Saisoneröffnungswochenende und Weihnachten noch ein paar Tage nach Hause fahre.« Dirk hatte die Stimme ebenfalls erhoben.

»Ja, aber nun haben sich die Dinge vielleicht etwas geändert, oder nicht? Nach diesen Vorkommnissen willst du doch nicht einfach weglaufen, oder?«

»Ich laufe nicht weg«, entgegnete Dirk eingeschnappt. »Ich fahre lediglich zu meinen Eltern nach Deutschland – wie ich das jedes Jahr tue! In den nächsten zwei Wochen ist hier sowieso noch nichts los. In zehn Tagen bin ich zurück – wie versprochen! In der Zwischenzeit wird Robert den Laden übernehmen.«

»Und was ist mit mir?«, fragte Melanie mit weinerlicher Stimme.

»Was soll schon mit dir sein?«, sagte Dirk etwas schroffer als gewollt. »Du gehst deiner Arbeit in der Bibliothek nach und schaust hier vorbei, wenn du Lust hast. Und wenn nicht, dann läuft es auch ohne dich.« Dirk bereute unmittelbar, was er gesagt hatte. Oder vor allem, wie es geklungen hatte. »Nun weine nicht!« Der ganze Ärger war aus seiner Stimme gewichen. »Ich habs doch nicht so gemeint. Ich sage ja nur, dass ich nicht erwarte, dass du in meiner Abwesenheit hier hilfst. Wir haben das doch so abgemacht, erinnerst du dich? Komm her, Liebes!«

»Ich habe Angst, Dirk!«, schluchzte Melanie. »Was ist, wenn es hier mit den Gemeinheiten weitergeht?«

»Dann komme ich sofort zurück. Versprochen!«

Der Streit schien vorbei. Matteo hatte gebannt gelauscht und schlich nun auf Zehenspitzen von der Tür weg. Kaum war er auf der anderen Seite des Empfangstresens angelangt, traten Melanie und Dirk auch schon aus dem Büro und blickten ihn fragend an.

Matteos Wangen fühlten sich glühend heiss an, während er hoffte, nicht zu sehr zu erröten. Er schämte sich so, dass ihm prompt keine gute Ausrede einfallen wollte. »Äh, ich ...«, stammelte er, »habe nur Sams Schlüssel hingehängt.« Er zeigte mit zitterndem Zeigefinger auf den Haken. »Als ich dann hörte, dass jemand im Büro ist, habe ich schnell gewartet, um ... äh ... mich zu verabschieden.« Matteo atmete erleichtert aus. Das hatte ja doch noch halbwegs vernünftig geklungen!

»Nett von dir.« Dirk schien kein bisschen argwöhnisch zu sein und Melanie war zu sehr darauf bedacht, ihre Traurigkeit zu verstecken, um Matteos Nervosität zu bemerken. Ihre Tränen waren zwar getrocknet, doch die Körpersprache verriet ihre Niedergeschlagenheit.

»Was habt ihr noch herausgefunden?«, wollte Dirk wissen und trat näher zu Matteo, damit sie leiser sprechen konnten und nicht das ganze Hotel weiter in Aufruhr geriet.

Matteo hatte sich wieder gefangen und überlegte blitzschnell. War es ratsam, den beiden alles zu erzählen? Warum noch weiter Öl ins Feuer giessen, wenn Dirk ein paar Tage wegfahren und Robert die Hotelführung überlassen wollte? Matteo beschloss, das Gespräch zwischen Herrn Manser und Robert nicht zu erwähnen, und erzählte bloss von der neuen Erkenntnis, dass der Müllsack wohl aus der Küche des Hotels Alpenblick stammte.

»Das muss natürlich nichts bedeuten. Den kann ja irgendjemand dort herausgenommen haben.« Dirk hielt Herrn Manser deshalb nicht für sonderlich verdächtig.

Matteo nickte und betonte die Hilfsbereitschaft aller Hoteliers. Als er erzählte, dass die MounTeens sowohl Kräuterbutterrosetten als auch Einzelportionen für Dirk erhalten hatten, konnte sogar Melanie wieder lächeln.

»Wo sind denn diese netten Gaben nun?«, fragte Dirk. Er war froh, dass seine Hotelkonkurrenten sofort bereit gewesen waren, ihm unter die Arme zu greifen.

Matteo schlug die Hand vor die Stirn. »Ich Esel, die sind noch oben in Sams Zimmer. Ich hole sie gleich und bringe sie in die Küche.«

Dirk lachte. »Gib sie lieber mir. In der Küche versteht nämlich sonst niemand, was das Ganze soll.« Er nickte Matteo anerkennend zu. »Auch wenn die ganze Kräuterbutteraktion uns wohl kaum weiterhilft, muss ich schon sagen: Ihr seid echt tolle Detektive!«

Matteo nickte zufrieden, liess sich von Melanie den Schlüssel nochmals geben und machte sich auf den Weg zu Sams Zimmer.

Diego Bertone war erleichtert. Nach dem morgendlichen Anruf bei seiner Chefin hatte er sich geschworen, seine Lehre nicht noch einmal so naiv aufs Spiel zu setzen. Als er dann am Nachmittag mit seiner Freundin Laura bei strahlendem Sonnenschein auf dem Snowboard durch den Tiefschnee gekurvt war, hatte das Leben definitiv wieder rosig ausgesehen.

Nun stand er freudestrahlend vor dem elterlichen Hotel und winkte seinem Bruder zu, der auf ihn zugetrottet kam. »Was ist los, Matteo, du siehst irgendwie geknickt aus?«

Matteo erzählte ihm von den neuen Ereignissen und Verdachten, wobei er seinem Bruder insbesondere anvertraute, wie sehr ihn die Entdeckung der Spraydose belastete. »Ich habe mir gedacht, dass ich Mama oder Papa heute Abend einfach darauf anspreche. Was meinst du?«

»Ich glaube ja nicht, dass unsere Eltern damit irgendwas zu tun haben. Deshalb denke ich, sie werden ganz schön beleidigt sein, wenn sie merken, dass du ihnen so eine Tat überhaupt zutraust. Wollen wir das nicht etwas geschickter anpacken?« Diego rieb sich das Kinn.

»Was schlägst du vor?«, fragte Matteo hoffnungsvoll.

»Hör zu, du gehst jetzt einfach hinein und sagst Mama, dass du Sven den Sack mit den Farben zurückgebracht hättest. Dann komme ich zufällig hinein und übernehme den Rest. Lass mich nur machen.«

Matteo war so froh um die Hilfe, dass er nicht einmal nachfragte, wie der Plan genau aussehen sollte. Er nahm seinen Mut zusammen und betrat die Hotelküche, wo seine Mutter mit dem Ausräumen der grossen Geschirrspülmaschine beschäftigt war.

»Hallo, Matteo!«, rief sie über die Schulter.

»Hallo Mama, ich habe Sven den Sack zurückgebracht.«

»Super, danke!«

Die Tür öffnete sich und Diego kam herein.

Matteo lieferte ihm das Stichwort, indem er an seine Mutter gewandt weitersprach: »Sven sagte, es wäre doch nicht nötig gewesen, die Farben zurückzugeben. Er hätte sie euch auch überlassen. Zudem wollte er wissen, ob es denn geklappt habe.«

»Ja, mit der Spraydose gings bestens«, antwortete Matteos Mutter, ohne mit der Wimper zu zucken.

Diego näherte sich scheinbar interessiert. »Wovon sprecht ihr? Was ging mit der Spraydose bestens?«

Matteo stöhnte innerlich auf. Schöner Plan – so plump hätte er auch selbst fragen können!

Seine Mutter aber schien keinen Verdacht zu schöpfen und gab ihrem älteren Sohn bereitwillig Auskunft. »Gestern Nachmittag hat Papa bei der Einfahrt in die Garage mit dem Raupenfahrzeug etwas zu früh abgedreht, wobei es einen ordentlichen Kratzer abbekommen hat. Die silbernen Spuren auf dem schwarzen Metall der Ladefläche haben ihn so gestört, dass er sie unbedingt sofort übermalen wollte. Sven war zufällig Zeuge der ganzen Aktion und brachte später die Farben vorbei.« Sie schmunzelte, als sie an die Eitelkeit ihres Mannes dachte, die sie seinen italienischen Wurzeln zuschrieb. »Ihr kennt Papa. Fahrzeuge sind für ihn so etwas wie Familienmitglieder. Zudem betont er ja gerne, dass er der beste und sicherste Fahrer sei. Ein Kratzer war da natürlich eine Katastrophe.« Nun lachten auch Diego und Matteo, wenngleich bei ihnen vor allem eine gute Portion Erleichterung mitschwang, was ihre Mutter aber nicht zu wissen brauchte.

Die Brüder verliessen die Küche, umrundeten das Hotel und öffneten das Tor zur Garage. Sie wussten selbst nicht, ob sie nun aus Neugier auf den Kratzer oder doch mit dem Gedanken, die Geschichte zu prüfen, das Raupenfahrzeug inspizierten. Jedenfalls schlug ihnen schon beim Betreten der Garage ein Geruch nach frischer Farbe entgegen und der Pfosten der Einfahrt wies deutliche Kratzspuren auf. Die schwarze Ladefläche des Transport-Raupenfahrzeuges war auf der einen Seite frisch übersprayt, sodass man die Spuren des kleinen Unfalls nur erkennen konnte, wenn man genau hinsah.

Matteo strahlte übers ganze Gesicht. »Mann, bin ich froh! Die Geschichte stimmt und zeigt zudem, dass Mama und Papa die Spraydose erst nach Freitagnacht von Sven erhalten haben!«

Diego nahm seinen Bruder in die Arme und flüsterte: »Das haben wir super hingekriegt, oder? Auch wenn damit nichts definitiv bewiesen ist, schlage ich vor, dass wir alle Zweifel an unseren Eltern endgültig begraben. So ein Misstrauen haben sie einfach nicht verdient!«

Matteo drückte Diego fest an sich. »Danke für deine Hilfe! Weisst du, ohne unseren Familienzusammenhalt und das Vertrauen in euch alle könnte ich auf Dauer echt nicht leben.«

Gerüchte im Coiffeursalon

Lou Richard, die Inhaberin des Haarstudios »Cut and Style« schaute lächelnd in den Spiegel und beobachtete, wie Amélie mit grossem Geschick Frau Bellinis Haare wusch und anschliessend mit eingeübten Handgriffen trocknete. Stolz stellte sie fest, dass ihre Tochter mittlerweile zu einer jungen Frau herangewachsen war – nicht nur, was ihr Äusseres betraf, sondern auch in Bezug auf ihre Ernsthaftigkeit im Umgang mit Erwachsenen. Amélies Mutter wandte sich an Anna-Maria, die auszubildende Friseurin im dritten Lehrjahr, und bedeutete ihr, bei Frau Bellini mit dem Schneiden der Haare zu beginnen. Dann kümmerte sie sich wieder um ihren Kunden, dem mit Gel noch das richtige Styling verpasst werden musste.

»Amélie, kannst du bitte Frau Müller begrüssen und hier rechts platzieren? Sie hat in fünf Minuten einen Termin bei mir und steht bereits vor dem Schaufenster.«

»Mach ich, Mama! Soll ich ihr einen Kaffee anbieten?«

»Gerne, danke für deine Hilfe!« Lou Richard blickte ihre Tochter voller Liebe an. Amélie half ihr fast jeden Samstagmorgen, indem sie sich neben dem Platzieren und Bedienen der Kunden um das Haarewaschen und Einkassieren kümmerte. Sie wünschte sich insgeheim, dass Amélie das Geschäft einmal übernehmen würde, aber die Berufswünsche ihrer Tochter wiesen bisher in ganz andere Richtungen. Tierärztin oder Rechtsanwältin wollte sie werden, und die guten Schulnoten liessen erwarten, dass sie sich eher für ein Studium als für eine Friseurlehre entscheiden würde.

Lou Richard hatte sich in der Schule schwerer getan, und nach dem Umzug ihrer Eltern von Frankreich in die Schweiz war es wegen der neuen Sprache noch schwieriger geworden, gute Noten zu erzielen. So hatte sie sich für eine Lehre entschieden und die Wahl nie bereut. Vor drei Jahren war ihr Traum mit der Eröffnung eines eigenen Friseurgeschäfts Wirklichkeit geworden. Schnell hatte sich die Französin eine Stammkundschaft aufgebaut und verdiente mittlerweile deutlich mehr als ihr Ehemann Tim, der saisonal als Bademeister oder Skilehrer arbeitete. Amélies Mutter bezauberte durch ihren französischen Charme und ihr echtes Interesse an allen möglichen und unmöglichen Geschichten ihrer Kundschaft. Sie wusste deshalb über alles, was in Bad Lärchenberg geschah, bestens Bescheid – sowohl über Erziehungsprobleme oder neue Wohnungseinrichtungen als auch über Heirats- und Scheidungsabsichten. Amélie fand die Geschichten und Gerüchte sehr amüsant, auch wenn sie öfters mit knallrotem Gesicht zuhörte und nur mit Mühe nicht verlegen kichern musste.

»Frau Müller, kommen Sie doch herein. Möchten Sie einen Kaffee? Meine Mutter ist gleich bei Ihnen.« Amélie nahm der Kundin den Mantel ab und führte sie zum Frisierstuhl. Mit den Gedanken war sie aber bereits woanders. Um elf Uhr, also in einer halben Stunde, würde Sam vorbeikommen, der sich für einen

Haarschnitt angemeldet hatte. Sie spürte ein leichtes Ziehen im Bauch, als sie sich vorstellte, ihm wie allen anderen Kundinnen und Kunden die Haare zu waschen. Natürlich war das ja nur eine »geschäftliche« Berührung – und doch machte sie der Gedanke daran irgendwie nervös. Hatte Sam wohl absichtlich einen Termin an einem Samstagmorgen gewählt, weil er wusste, dass sie dann hier war, oder gingen ihre Gedanken nun mit ihr durch? Sollte sie eventuell Anna-Maria fragen, ob sie das Waschen übernehmen könne. Nein! Wenn sie ehrlich war, freute sie sich auf den intimen Moment, der gerade wegen seiner Öffentlichkeit nicht peinlich sein würde. Amélie lächelte verträumt und machte sich daran, die am Boden liegenden Haare zusammenzuwischen, als sich Frau Müller an Frau Bellini wandte.

»Sie arbeiten im Hotel Montana im Service, oder?«

»Ja, das ist richtig.« Frau Bellini nickte freundlich. »Sie kommen mir auch bekannt vor. Sind Sie ab und zu bei uns zu Gast?«

»Ja, mein Mann und ich waren schon einige Male da nach dem Skifahren. Was ist denn oben auf der Alp los? Man hört ja so einiges!«

Frau Bellinis Lächeln fror ein. »Wenn wir das wüssten! Offenbar will jemand meinen Chef vergraulen.«

Amélie wagte kaum zu atmen. Das Gespräch versprach spannend zu werden. Eine Woche war seit dem Farbanschlag auf die Fassade von Dirks Hotel vergangen. Nach der zweiten Aktion mit dem am Sonntagmorgen ausgekippten Müllsack war nichts mehr vorgefallen, sodass Dirk nicht vorzeitig vom Besuch bei seinen Eltern aus Deutschland hatte heimkehren müssen. Das Thema war im Friseurladen aber die ganze Woche über präsent gewesen und Lou hatte beim Abendessen von der einen oder anderen Unterhaltung im »Cut and Style« erzählt, da sie wusste, wie sehr Amélie das Ganze beschäftigte. Gerüchte gab es viele. Ein Kunde wollte gehört haben, dass auch bei der Bahnhofunterführung ausländerfeindliche Sprüche gesprayt worden seien. Eine andere Kundin mutmasste, dass es sich nur um jugendlichen Schabernack handeln könne, da auch bei ihrer Nachbarin ein Müllsack aufgerissen worden sei. Etwas konkreter war die Vermutung, dass Dirk die »Anschläge« wohl selbst verübt habe, um mit einem offiziellen Grund vorzeitig aus der Pacht auszusteigen. Da er wenig Erfolg habe, sei es für ihn die einzige Möglichkeit, um sein Restaurant aufzugeben, ohne das Gesicht zu verlieren. In Amélies Augen war diese Idee absurd, doch sie beschloss, die Dorfgerüchte beim nächsten Treffen der MounTeens wenigstens zu erwähnen.

»Also, wenn Sie mich fragen«, fuhr Frau Bellini weiter, »hat das alles schon etwas mit Dirk zu tun.« Ihr schien soeben ein Licht aufgegangen zu sein. »Seit einigen Wochen verhält er sich nämlich anders. Irgendwie scheint er sich nicht mehr so richtig für uns Angestellte zu interessieren, seit er eine neue Freundin hat. Nichts gegen Melanie – die ist echt nett –, aber seit sie hier ist, herrscht Unfriede. Verstehen Sie mich nicht falsch, ich bin nicht eifersüchtig, aber Dirk hat nur noch Augen für sie. Das nervt nicht nur die Frauen im Hotel, sondern auch Dirks rechte Hand, Robert Kubiak, der viel Arbeit übernimmt, was aber kaum mehr wertgeschätzt wird.«

»Wollen Sie etwa andeuten«, fragte Frau Müller neugierig nach, »dass Herr Kubiak oder eine der Service-Angestellten Dirk rausekeln will?«

Frau Bellini wirkte echt bestürzt. »Um Himmels willen, soweit habe ich gar nicht gedacht! Ich rede mich ja bald selbst noch um Kopf und Kragen. Nein, so etwas wollte ich bestimmt nicht sagen.« Mit hochrotem Kopf wandte sie sich demonstrativ von Frau Müller ab und gab vor, in einem Frauenmagazin zu lesen.

Schau mal einer an, dachte Amélie. Da bringt sich eine weitere Verdächtige gleich selbst ins Spiel. Aber, war sie wirklich so naiv oder zielte sie darauf ab, den Verdacht auf Robert zu lenken? Auf jeden Fall würden die MounTeens weiterhin wachsam sein müssen, wenn es um die Angestellten des Hotels Montana ging.

»Amélie, nun ist aber fertig geträumt! Der Traumprinz ist hier.« Lou Richard hatte die Worte zwar nur halblaut gesprochen, holte ihre Tochter damit allerdings jäh wieder in die Gegenwart zurück.

Amélie blickte ihre Mutter verständnislos an. »Traumprinz?«

Lou Richard deutete mit der Kinnspitze über ihre linke Schulter, während sie ihrer Tochter verschwörerisch lächelnd zuzwinkerte. Amélies Blick wanderte Richtung Tür, durch die im selben Moment ein gut gelaunter Sam in den Coiffeursalon trat. Amélie hätte ihre Mutter auf den Mond schiessen können. Was war denn in die gefahren? Wie peinlich, wenn eine der Kundinnen oder gar Sam etwas mitbekommen hätte! Leicht verlegen winkte sie Sam zu sich. Als er ihr zur Begrüssung drei Küsschen auf die Wangen hauchte, grinste ihre Mutter hinter dessen Rücken. Amélie warf ihr einen vernichtenden Blick zu.

»Setz dich doch auf diesen Stuhl hier, bitte!«, sagte Amélie betont geschäftig – mehr, um ihre Mutter zu ärgern, als um gegenüber Sam auf Distanz gehen zu wollen.

»Was ist los?«, fragte Sam leicht irritiert. Seine Antennen waren offenbar feiner als Amélie gedacht hatte.

Sie legte ihm beruhigend die Hände auf die Schultern, bevor sie die Waschschüssel von hinten an den Stuhl rückte. »Alles gut, entspann dich und leg den Kopf nach hinten«, besänftigte sie ihn in bedeutend freundlicherem Ton.

Sam spürte den kalten Porzellanrand im Nacken und gleich darauf das warme Wasser über seine Haare laufen. Die etwas kühle Begrüssung hatte er spätestens dann vergessen, als Amélie damit begann, Shampoo ins Haar zu geben und dabei seine Kopfhaut zu massieren. Er schloss die Augen und konzentrierte sich auf Amélies Berührungen. Natürlich hatte er den Coiffeur-Termin absichtlich auf Samstag gelegt und insgeheim darauf gehofft, dass sie dann auch wirklich Zeit hätte, bei ihm das Haarewaschen zu übernehmen. Er lachte still und war einen Moment lang mit seinen Gedanken so weit weg, dass Amélie ihn zweimal bitten musste, den Kopf zu heben, damit sie ihm mit dem Frottiertuch die Haare etwas antrocknen konnte.

Als Sam die Augen wenig später wieder öffnete, sah er im Spiegel, wie Amélie ihn forschend anschaute. Hatte sie seine Gedanken etwa erraten? Er wurde rot, blickte schnell weg und erkannte erst jetzt, dass die Kundin, die sich bis jetzt hinter einer Frauenzeitschrift verborgen hatte, Eva Bellini war, mit der er im Hotel Montana manchmal zusammenarbeitete.

»Hallo Eva!« Sam war froh, einen Grund zu haben, Amélies unergründlichem Blick ausweichen zu können.

»Ciao Sam«, sagte Frau Bellini erfreut, »ich habe dich gar nicht hereinkommen sehen.«

»Sam hat ausser meiner Tochter auch niemanden gesehen«, stichelte Lou Richard amüsiert, worauf Sam peinlich berührt zu Boden starrte. Amélie hingegen funkelte ihre Mutter wütend an, konnte sich dann aber ein Lächeln nicht verkneifen, als sie an Sams Reaktion merkte, dass ihre Mutter voll ins Schwarze getroffen hatte.

»Äh ... ja«, stammelte Sam verlegen und entschied sich dann für die ehrliche Antwort. »Das ist wahr. Tut mir leid, Eva.«

Nun war die Reihe an Amélie, ob der Klarheit der Aussage verlegen zu werden. Sie versuchte sich aus der peinlichen Situation zu retten. »Frau Müller, darf ich Ihnen noch einen Kaffee anbieten?«, sagte sie schnell und eilte noch vor der Antwort der Kundin in die kleine Küche, wo sie erst einmal tief Luft holte. Hatte Sam wirklich zugegeben, nur Augen für sie zu haben? In ihr breitete sich eine glückliche Wärme aus. Fühlte sich so Verliebtsein an?

Betont gleichgültig kehrte sie kurz darauf in den Friseursalon zurück und stellte Frau Müller die dampfende Tasse hin. Zum Glück war das Thema in der Zwischenzeit gewechselt worden!

»Wann bist du wieder mal oben im Einsatz?«, wandte sich Frau Bellini gerade an Sam.

»Am Wochenende vor Weihnachten, also nächsten Samstag. Da findet doch ein grosses Bankett statt. Ich werde Dirk helfen und dann auch gleich oben schlafen, weil ich die letzte Gondel sowieso verpassen würde.« In Sams Stimme schwang Stolz mit und er schmunzelte beim Gedanken daran, endlich einmal in seinem Zimmer zu übernachten. »Bist du dann auch dort, Eva?«

»Ja, ich glaube, Dirk hat wirklich jede und jeden aufgeboten. So viele Gäste hatten wir noch nie.« Eva Bellini streifte Frau Müller mit einem kurzen Seitenblick und fügte sorgenvoll an. »Hoffentlich passiert nichts mehr, sodass wir uns alle auf das Weihnachtsgeschäft und die Touristen konzentrieren können.«

»Dirk wäre es so zu gönnen«, schaltete sich nun auch Lou Richard wieder ins Gespräch ein, »wenn sich das Ganze beruhigen würde – schliesslich wollen wir uns doch alle auf die Festtage freuen können!«

Amélie merkte erst jetzt, dass sie sich dieses Jahr vor lauter Sorgen um Dirks Zukunft kaum auf die von ihr sonst so geliebten vorweihnachtlichen Traditionen wie den Nikolaus-Umzug, die

Adventsfenster, das Weihnachtssingen oder den Weihnachtsmarkt hatte freuen können. Sie beschloss, wieder etwas positiver zu denken, und schielte zu Sam, der sich gerade mit Anna-Maria über den gewünschten Haarschnitt unterhielt. Sollte sie ihn nachher fragen, ob sie morgen Sonntag noch etwas gemeinsam durch den Markt schlendern wollten? Ja, es war Zeit, auch mal einen Schritt auf ihn zuzumachen. Amélie nickte unmerklich und lächelte, während sie sich wieder der Arbeit im Salon zuwandte.

Aufregung am Weihnachtsmarkt

Lena schlenderte Richtung Fussgängerzone von Bad Lärchenberg, wo der alljährliche Weihnachtsmarkt stattfand. Leicht fröstelnd zog sie den Kragen der Winterjacke ganz hoch, um ihr Kinn darin zu verbergen.

Sie konnte es kaum erwarten, endlich wieder mit den anderen MounTeens am Fall »Montana« weiterzudenken. Die vermutlich gefälschten Hotelbewertungen waren mittlerweile von der Homepage des Tourismusbüros gelöscht worden. Lena hatte sich allerdings zuvor Screenshots davon gesichert und diese in den vergangenen Tagen immer wieder betrachtet – allerdings ohne Erfolg. So sehr sie sich auch bemüht hatte, etwas Verräterisches aus den Einträgen herauszulesen, es waren ihr weder immer wieder gleiche Schreibfehler noch andere stilistische Eigenheiten aufgefallen. Nur eines war sicher: Der oder die Schreibende kannte die Verhältnisse auf der Lärchenalp gut – das detaillierte Wissen über die einzelnen Hotels und die Region war trotz telegrammartiger Kurzeinträge deutlich feststellbar. Doch, was bedeutete dies nun für den Kreis der Verdächtigen? Lena hoffte, dass sie etwas übersehen hatte und ihr Matteo, Sam oder Amélie weiterhelfen konnten, wenn sie sich heute darüber unterhalten würden.

Die MounTeens sahen sich üblicherweise in der Schule, da sie in dieselbe Klasse gingen. So konnten sie sich, auch ohne extra abzumachen, täglich austauschen – in einer Pause oder manchmal auch während einer etwas offeneren Unterrichtssequenz, die Raum für Privatgespräche bot. Doch diese Woche war es anders gewesen.

Am Montag hatte Matteo zwar noch von seinem belauschten Gespräch und dem Raupenfahrzeug-Blechschaden erzählt, wobei alle erleichtert gewesen waren, die Bertones wieder von der Liste der Verdächtigen zu streichen. Für den Rest der Woche hatten sich die MounTeens jedoch kaum noch gesehen, da der Klassenunterricht ab Dienstag gänzlich gestrichen worden war, damit alle Schülerinnen und Schüler der Sekundarschule in Projektgruppen an Produkten für den Weihnachtsmarkt arbeiten konnten. Sam hatte Weihnachtskarten gestaltet, Amélie Kerzen gezogen und Matteo Lebkuchenhäuser gebacken, während Lena aus Draht und Acrylglas Christbaumschmuck gefertigt hatte. Die Woche war extrem friedlich gewesen und hatte den MounTeens die Vorkommnisse des vergangenen Wochenendes fast ein wenig unwirklich scheinen lassen.

Lena sog die kalte Luft ein und nahm – nun da sie sich bereits durch die immer dichter werdende Besuchermenge schlängelte – den typischen Marktgeruch wahr. Sie versuchte, sich darauf zu konzentrieren, und legte sich auf eine Mischung aus gebrannten Mandeln, Glühwein und Bratwürsten fest. Sie versuchte gerade, noch einen vierten Duft herauszuriechen, als sie beim Marktstand der Schule ankam, wo Amélie, Sam und Matteo bereits ungeduldig auf sie warteten.

»Ich habs, Raclette!«, murmelte Lena zufrieden, während die anderen MounTeens sie verständnislos anblickten, da sie eher eine Begrüssung erwartet hätten.

»Hallo Lena, bist du in Gedanken schon beim Nachtessen oder was läuft?«, fragte Matteo.

Lena lachte nur und beschloss, das Ganze nicht zu erklären. »Schön, euch zu sehen!« Ihr Blick wanderte zur Auslage des Marktstandes. »Was davon ist von euch? Ich sehe gerade, dass mein Christbaumschmuck hier noch zu haben ist.« Sie zeigte auf eine kunstvolle Drahtkonstruktion. Ohne die Antwort der anderen abzuwarten, wandte sie sich den vier Schülerinnen hinter dem Marktstand zu. »Hey Leute, jetzt sind wir dran, hier Kohle zu machen.«

Amélie verdrehte die Augen und schüttelte amüsiert den Kopf. Ihre Freundin Lena war wie ein Tornado angekommen und ohne Punkt und Komma über alles hinweggefegt.

Da die Werke der Schülerinnen und Schüler für einen guten Zweck verkauft werden sollten, hatte man sich in Vierergruppen für eine Schicht am Marktstand einschreiben können. Ehrensache, dass sich die MounTeens für die gleiche Einsatzzeit entschieden hatten und nun pünktlich um sechzehn Uhr bereitstanden, um die Kolleginnen und Kollegen der letzten Schicht abzulösen.

Es wurde kalt – die Abenddämmerung kündigte sich an. Um gegen die tiefen Temperaturen gewappnet zu sein, trugen die Jungs Skijacken und Schals. Zudem hatte Matteo eine Wollmütze

auf, wogegen Sam darauf vertraute, dass seine auch nach dem Friseurbesuch noch immer halblangen blonden Haare seine Ohren genug wärmen würden. Amélie hatte einen weissen Strickpullover unter einem roten Wollmantel angezogen und Lena tanzte wie üblich etwas aus der Reihe. Sie hatte ihre langen roten Haare unter eine leuchtgelbe Mütze gezwängt, wobei da und dort noch eine Strähne herauslugte, was für einen frechen Kontrast sorgte. Dazu trug sie eine ebenso auffällige neongrüne Winterjacke, Jeans und weisse Fellschuhe. Ob das nun modisch war oder nicht – darüber konnte gestritten werden. Der auffällige Look war jedenfalls typisch Lena.

»Lena, du blendest!«, zog Matteo sie auf, nachdem die MounTeens von Frau Mayer, einer Lehrerin des Schulhauses, über die Aufgabe am Stand informiert worden waren.

»Da du eher unterbelichtet bist, kann dir das ja nur recht sein!«, gab Lena schlagfertig zurück.

»Zum Glück stehst du nachher hinter dem Stand, sonst würdest du glatt für Christbaumschmuck gehalten.« Matteo war noch nicht bereit, klein beizugeben.

»Seid nicht ihr Italiener bekannt dafür, bunten Christbaumschmuck besonders zu mögen?«, fragte Amélie nun spöttisch und provozierte Matteo mit diesem Klischee bewusst.

»Würdest du mich denn als Lametta kaufen, Matteo?«, nahm Lena Amélies Frage keck auf, bevor sie merkte, dass Matteo angesichts dieser Vorstellung plötzlich verlegen wurde.

»Kümmert euch lieber um die Kunden am Stand, als hier dumm herumzulabern!« Sam rettete die Situation mit der ihm eigenen Ernsthaftigkeit, aber auch mit einem Augenzwinkern.

Tatsächlich erfreute sich der schön dekorierte Marktstand der Schule grosser Beliebtheit, da die Eltern der Jugendlichen die Produkte bewundern und schliesslich auch kaufen wollten.

»Wofür sammelt ihr denn in diesem Jahr?«, fragte ein älterer Herr.

»Für Flüchtlinge«, antwortete Lena wie aus der Pistole geschossen. Sie war als Delegierte ihrer Klasse im Schülerparlament und deshalb beim Entscheidungsprozess, wohin der Erlös des Verkaufs fliessen sollte, direkt dabei gewesen.

»Dann bezahle ich den doppelten des hier angeschriebenen Preises.« Der Mann überreichte Lena lächelnd den Geldschein und wählte dann mit feierlicher Miene eine besonders schöne Kerze aus. Nicht nur Amélie, die ihre Projektwoche mit Kerzenziehen verbracht hatte, sondern auch die anderen MounTeens fühlten sich durch die Wertschätzung des Mannes geschmeichelt und auch ein wenig berührt.

»Seht mal dort drüben!«, sagte Matteo unvermittelt und riss die anderen aus ihrer besinnlichen Stimmung. Er deutete auf die gegenüberliegende Strassenseite. »Sind das nicht Melanie und Robert?«

»Ja, aber warum sagst du das so aufgeregt?« Amélie schaute Matteo verständnislos an.

»Findest du es etwa nicht eigenartig, dass die beiden wie zwei Verliebte durch den Markt spazieren?« Nun sahen auch die anderen, dass sich Melanie bei Robert eingehakt hatte. Die zwei lachten und schienen sichtlich Spass zu haben.

»Da ist bestimmt nichts dabei!«, sagte Amélie unbeeindruckt.

»Die Frage ist doch, ob Dirk das gut finden würde, wenn er hier wäre«, hielt Matteo dagegen.

»Du hast schon recht, Matteo!«, fand Sam. »Auch wenn die beiden nichts Unrechtes tun, kommt es mir ebenfalls irgendwie seltsam vor.«

»Ich folge ihnen«, sagte Matteo und war schon im Gedränge verschwunden, bevor ihm Amélie widersprechen konnte.

»Matteo, bleib hier!«, rief sie ihm hinterher. »Das Nachspionieren gehört sich doch wirklich nicht«, sagte sie leiser an Sam gewandt, als sie merkte, dass Matteo bereits nicht mehr in Hörweite war. »Ausserdem dauert unsere Ablösung noch zehn Minuten.«

Sam hatte die Stirn in Falten gelegt. »Du hast ja recht, Amélie. Und bis vor einer Woche hätte ich das auch gesagt. Aber wenn ich an unseren Fall denke, bin ich mir nicht so sicher, ob die Beobachtung nicht doch richtig ist.« Er schaute Amélie gequält an, da er ihr nur ungern widersprach.

»Ich verstehe es nicht«, sagte Amélie leicht beleidigt.

»Ich schon«, mischte sich Lena ein. »Sam hat recht. Robert ist einer unserer Verdächtigen. Und Melanie ist Dirks Freundin. Was ist, wenn die beiden unter einer Decke stecken?«

»Du meinst jetzt echt, dass Melanie in die Sache verstrickt sein könnte? Dann wäre sie aber eine äusserst gute Schauspielerin.« Amélie schien nicht sonderlich überzeugt von der neuen Theorie, verstand nun aber, weshalb sich Matteo Hals über Kopf an die Verfolgung gemacht hatte.

Nachdem Frau Mayer die nächste Schülergruppe eingeführt hatte und Matteo noch nicht zurückgekommen war, schlug Sam vor, dass sie sich getrennt auf die Suche machen wollten, um sich spätestens in einer halben Stunde wieder beim Stand zu treffen.

Während die Mädchen zusammenblieben und stadtaufwärts Richtung Kirche zogen, machte sich Sam in die andere Richtung auf, indem er sich durch die Menge pflügte und nach seinem Freund Ausschau hielt.

Er war gerade am Ende des Marktes angekommen und wollte wieder umkehren, als ihn plötzlich jemand am Arm packte und zur Seite zog. Sam wirbelte herum, riss die Fäuste hoch – und machte einen Schritt zurück, um seinen Angreifer anzusehen.

»Ruhig, Mann, ich bin es!«, zischte Matteo und bedeutete Sam, keinen Aufstand zu machen. Er legte seinen Finger erst an die Lippen und zeigte dann mit ausgestrecktem Arm Richtung Bushaltestelle, wo Robert mit Paul Manser, dem Hotelier von der Lärchenalp, sprach. Melanie war nicht mehr bei ihm.

Matteo führte Sam zu seinem Versteck – einem dunklen Hauseingang. Von dort aus hatte er vor wenigen Minuten beobachtet, wie sich Melanie und Robert mit drei Küsschen auf die Wange verabschiedet hatten. Während Robert danach in Richtung Bushaltestelle gegangen war, hatte sich Melanie nochmals ins Marktgetümmel gestürzt.

»Was hast du gesehen?«, fragte Sam ungeduldig.

»Ich habe nichts Besonderes beobachten können«, flüsterte Matteo. »Die beiden sind wohl doch nicht verliebt, nur befreundet. Aber das Gespräch mit Herrn Manser würde ich gerne hören.« Er hatte den Satz noch nicht beendet, da lief er auch schon geduckt im Schatten der Hausmauer hinter das Bushäuschen. Sam hoffte, dass die an den Scheiben angebrachten Werbeplakate Matteo ausreichend Sichtschutz bieten würden. Er selbst hatte beschlossen, im Hauseingang zu bleiben. Die Beobachtung war so schon genug riskant und auffällig, wobei Herrn Manser und Robert offenbar nichts Ungewöhnliches aufgefallen war.

Matteos Herz pochte wie wild, was nicht nur am kurzen Sprint liegen konnte. Er versuchte tief einzuatmen und seinen Puls zu beruhigen. Dann legte er sein Ohr an den Spalt zwischen zwei Scheiben des Bushäuschens und versuchte dem Gespräch zu folgen.

»Er wird es als Denkzettel auffassen und kaum wiederkommen«, sagte Herr Manser.

Matteo fragte sich, ob Paul Manser von Dirk sprach, der noch immer bei seinen Eltern in Deutschland war.

»Ich wollte ihn einfach draussen haben – aber vielleicht hätte es auch andere Mittel gegeben«, erwiderte Robert.

Sam beobachtete, wie Robert den Kopf senkte und auf seine Schuhspitzen schaute. Irgendetwas schien ihm leidzutun. Als er wieder aufsah, blieb sein Blick kurz am Plakat an der Rückwand hängen. Sam zuckte zusammen. Hatte er Matteo entdeckt? Nein, Robert wandte sich wieder dem Gespräch zu.

Wenig später hielt der Bus, allerdings stieg nur Paul Manser ein. Robert schaute den Rücklichtern einen Moment lang nach, dann wandte er sich abrupt um.

Wenn sich Matteo nun bloss nicht bewegte! Sam versuchte, seinem Freund ein Zeichen zu geben, doch Matteo konnte ihn im dunklen Hauseingang dummerweise nicht sehen. Sam begann zu schwitzen – irgendetwas an Roberts Haltung gefiel ihm ganz und gar nicht. Dieser wirkte plötzlich angespannt und misstrauisch.

Nervös sah Robert sich um. Dann rannte er plötzlich los, umrundete das Bushäuschen, packte Matteo am Kragen und drückte ihn gegen die Rückwand.

»Was soll das, Freundchen?«, knurrte er und hob Matteo ein paar Zentimeter vom Boden ab.

»Lass mich los, Robert, ich bins doch, Matteo!«, stiess dieser ängstlich hervor.

»Das sehe ich nun auch«, sagte er verärgert, während er Matteo wieder auf den Boden stellte. Den Griff am Kragen lockerte er aber noch nicht. »Weshalb versteckst du dich vor mir?«

»Ich ... ich ...«, stammelte Matteo, »weiss gar nicht, wovon du redest.«

»Vor fünf Minuten habe ich gesehen, dass jemand hinter dem Bushäuschen steht, mir aber nicht viel dabei gedacht. Nun bist du immer noch hier.« Seine Stimme nahm einen drohenden Unterton an. »Beobachtest du mich etwa?« Er liess Matteo los, stellte sich aber breitbeinig, mit verschränkten Armen und feindseligem Blick vor ihn.

»Matteo, endlich habe ich dich gefunden! Komm, das Versteckspiel ist vorbei!« Sam kam aufgeregt herangeeilt, wobei er versuchte, Roberts drohende Haltung bewusst zu übersehen und so zu tun, als würde er nur seinen Freund über das Ende eines Spiels aufklären.

Matteo hatte Sams Absicht sofort durchschaut und stieg auf den Rettungsversuch ein.

»Wer hat gewonnen? Unsere Klasse oder die andere?«

Sam war leicht irritiert. Was redete Matteo nur? Er musste improvisieren. »Unsere Klasse hat dreizehn gefunden, die andere bloss elf. Der Sieg ist unser!« Sie klatschten sich mit einer High-Five-Bewegung übertrieben freudestrahlend ab, bevor sich Matteo an Robert wandte.

»Deshalb stand ich hier hinter dem Bushäuschen, siehst du, ich habe dich nicht beobachtet oder mich vor dir versteckt.«

»Ein Klassen-Versteckspiel?« Roberts Blick wanderte misstrauisch von Matteo zu Sam. »Seid ihr nicht zu alt für so etwas?« Er wirkte nun leicht verunsichert und machte einen Schritt von Matteo weg.

»Normalerweise schon, aber das von der Schule organisierte Versteckspiel am Markt ist echt spannend, weil es um Zeit und Punkte geht«, erfand Sam aus dem Stegreif weiter.

Robert nickte, murmelte eine kurze Entschuldigung in Richtung Matteo und verabschiedete sich kleinlaut von den beiden Jungen, die sich schnell wieder unter die Leute mischten, um der unangenehmen Situation zu entkommen.

»Was bist du doof, Mann! Ist dir nichts Besseres eingefallen?« Sobald sie ausser Roberts Sichtweite waren, boxte Matteo Sam freundschaftlich in den Oberarm. Er äffte die Stimme seines Freundes nach: »Das Markt-Versteckspiel ist etwas ganz Besonderes, die ganze Schule freut sich schon Monate vorher auf dieses Highlight.«

»Sei froh, dass ich gekommen bin!« Sam war so erleichtert, dass er seinem Freund für dessen Spott nicht böse war. »Glaubst du, Robert hat uns das abgekauft?«

»Keine Ahnung! Wie bist du nur auf diese hirnverbrannte Idee gekommen?«

»Warum sonst hättest du dich hinter dem Bushäuschen verstecken sollen?«

»Auch wieder wahr«, gab Matteo zu. Er blieb stehen und hielt Sam mit beiden Händen an den Schultern, als ob er ihn gleich umarmen wollte. »Weisst du, was ich an dir so cool finde?« Er suchte nach den richtigen Worten. »Du bist nicht nur mutig, sondern auch völlig verrückt – danke, Sam!«

In der Zwischenzeit waren Amélie und Lena durch den oberen Teil des Marktes rund um die Kirche spaziert, hatten aber vergeblich nach Robert und Melanie Ausschau gehalten. Nun waren sie wieder zurück beim Marktstand der Klasse und warteten auf die Jungs.

»Wo bleiben die bloss?« Amélie schaute gerade ungeduldig auf ihre Uhr, als Lena sie am Ärmel zupfte.

»Schau mal, da ist Melanie. Sie ist alleine unterwegs.«

»Komm, wir machen uns bemerkbar!«

Melanie sah die beiden Mädchen winken und ging mit breitem Lachen auf sie zu.

»Hey, ihr zwei! Schön, euch zu sehen!«

»Hallo Melanie, bist du alleine hier?« Amélie war gespannt auf Melanies Reaktion.

»Ja, jetzt schon. Vorher war Robert bei mir.«

Eine ehrliche Antwort, registrierte Amélie, bevor sie nachhakte.

»Ich wusste gar nicht, dass ihr befreundet seid.«

»Befreundet wäre fast zu viel gesagt. Wir haben uns zufällig getroffen – und da wir beide alleine unterwegs waren, sind wir dann zusammen durch den Markt spaziert.« Amélie versuchte, in Melanies Augen Anzeichen für eine Lüge zu finden, aber da war kein Wegschauen, kein Zucken oder Blinzeln zu sehen. Sie glaubte ihr.

»Du wärst sicher lieber mit Dirk hier gewesen, oder?«, schaltete sich Lena ins Gespräch ein.

»Mädels, ihr denkt doch nicht etwa, ich hätte Dirk vergessen, nur weil er ein paar Tage bei seinen Eltern in Deutschland ist?« Melanie legte den Kopf schief und sah Lena mit zusammengekniffenen Augen an, bevor sie nachsichtig lächelte. »Okay, in eurem Alter muss man wohl schon richtig verliebt in einen Jungen sein, um mit ihm durch den Markt zu schlendern. Wenn man aber erwachsen ist ...«

Lena wurde rot. Das war eine Frage zu viel gewesen – Melanie hatte sie durchschaut. Wie peinlich, dass sie nun auch noch dachte, sie hätten keine Ahnung von der Liebe. Allerdings war das ja schon richtig. Was wussten sie denn schon? »Melanie, so habe ich es natürlich nicht gemeint«, versuchte sie sich zu rechtfertigen. »Ich dachte ja nur, dass ich meinen Freund vermissen würde, wenn er über eine Woche nicht hier wäre.«

»Schon gut, Lena. Du hast ja recht. Dirk fehlt mir – und an einem Sonntag wie heute ganz besonders.« Melanie seufzte tief und die Augen bekamen einen wässrigen Glanz. »Wisst ihr, die ganze Geschichte oben auf der Lärchenalp ist auch nicht ganz einfach für unsere Beziehung.«

Amélie fiel auf, dass ihr Gespräch eine neue Wendung genommen hatte. War vorher noch eine gewisse erwachsene Überheblichkeit gegenüber den halb so alten Mädchen spürbar gewesen, so vertraute sie sich ihnen nun plötzlich wie eine gute Freundin an. »Wie meinst du das?«, fragte Amélie deshalb einfühlsam und legte ihre Rolle als Ermittlerin wieder ab.

»Dirk war nach den Vorkommnissen vom letzten Wochenende so anders, als ich ihn bisher gekannt hatte.« Eine Träne bahnte sich den Weg über Melanies linke Wange. »Und nun ist er auch noch weg. Ich hoffe, es ist alles wieder wie vorher, wenn er am Donnerstag zurückkommt.« Sie versuchte zwar, optimistisch zu klingen, aber die Zweifel waren ihr deutlich anzumerken.

Lena und Amélie nahmen Melanie in ihre Mitte und legten die Arme um sie.

»Das wird schon wieder!«, sagte Lena tröstend, während ihr ein Blickwechsel mit Amélie klarmachte, dass Melanie ab sofort wieder von der Liste der Verdächtigen gestrichen werden musste.

Schritte im Dunkeln

Sam war todmüde. Er setzte sich auf die Bettkante und zog seine Schuhe aus. Das Bankett war ein voller Erfolg gewesen – die Gäste hatten sowohl das gute Essen als auch die aufmerksame Bedienung gelobt. Sein Einsatz als Kellner – zusammen mit Melanie, Robert und Eva Bellini – war weit besser gelaufen als erwartet. Sam dachte insbesondere an das grosszügige Trinkgeld, das sie sich am Ende des Abends gerecht untereinander aufgeteilt hatten.

Dirk war am Donnerstagabend von seinen Ferien in Deutschland zurückgekehrt und hatte sich voller Tatendrang und Zuversicht wieder an die Arbeit im Hotel gemacht.

Sam bewunderte diesen Optimismus. Es war, als ob Dirk daran glaubte, dass keine weiteren Gemeinheiten gegen ihn stattfinden würden. Die positive Energie schien sich auch auf Melanie übertragen zu haben. Sie hatte jedenfalls ganz glücklich gewirkt, und die Blicke zwischen Dirk und ihr hatten Sam verraten, dass die Beziehung der beiden nicht gelitten hatte.

War nun auch sonst alles wieder gut im Hotel Montana? Sam versuchte, seine Gedanken trotz Müdigkeit und Glücksgefühl über den gelungenen Abend zu ordnen, während er sich im Spiegel beim Zähneputzen betrachtete. Nein, dachte er, man durfte die Ereignisse, die vor zwei Wochen vorgefallen waren, nicht einfach ignorieren.

Sam zog sein T-Shirt aus und blickte auf seinen nackten Oberkörper. Seine Gedanken schweiften zu Amélie ab. Er schüttelte den Kopf und fragte sich, warum er gerade jetzt an sie denken musste. Nach den Ereignissen am Weihnachtsmarkt war es leider nicht mehr zum geplanten Bummel mit ihr gekommen, auf den er sich sehr gefreut hatte. Irgendwie war die Stimmung nach Roberts Attacke auf Matteo dahin gewesen und es waren eher Spürsinn und Jagdfieber als romantische Gefühle geweckt worden. Nach einer ausführlichen Berichterstattung über die Begegnungen mit Robert und Melanie waren sie deshalb alle nach Hause gegangen, was Sam noch immer bereute.

Er zwang sich, wieder an den Fall zu denken. Robert hatte sich am Bankettabend als grossartiger Mitarbeiter erwiesen. Er war unermüdlich gewesen, hatte die Gäste äusserst zuvorkommend bedient und mit einem Auge immer auch Sam im Blick gehabt, um ihm wenn nötig zu helfen. Seine souveräne, professionelle Art, die Hilfsbereitschaft und Teamfähigkeit hatten Sam beeindruckt. Hatte dieser Robert zwei Gesichter? Und welches war denn nun das wahre? Was sie gegen ihn in der Hand hatten, war im Prinzip nur wenig. Sicher, sie hatten ihn sagen hören, dass er jemanden loswerden wollte. Aber war damit denn auch wirklich Dirk gemeint? Und inwiefern steckte Paul Manser da mit drin?

Sam gähnte und legte sich ins Bett. Er dachte an Eva Bellini, die neu ebenfalls auf dem Zettel der Verdächtigen stand, nachdem sie kürzlich im Coiffeursalon erwähnt hatte, wie unzufrieden die Angestellten mit Dirks Führung waren. Von ihren Vorbehalten gegenüber Melanie war heute nichts zu spüren gewesen, fand Sam. Eva und Melanie hatten ausgezeichnet zusammengearbeitet und schienen ein Herz und eine Seele zu sein.

Sam löschte das Licht und versuchte – wie alle anderen im Hotel das offenbar auch taten – an eine Zukunft für das Hotel Montana zu glauben, in der alles so harmonisch laufen würde wie an diesem Abend.

Sam wachte auf. Was war das gewesen? Hatte ihn ein Geräusch geweckt? Ein Blick auf die Uhr – drei Uhr nachts. Er horchte angestrengt in die Dunkelheit, hörte allerdings nur sein Herz klopfen. War da nicht eine Tür zugefallen? Seine Nackenhaare sträubten sich. Natürlich konnte auch einfach ein Gast kurz aus dem Zimmer gegangen sein. Er entspannte sich wieder etwas.

Plötzlich waren auf dem Flur schnelle Schritte zu hören. Sam gab sich einen Ruck, schlüpfte in Trainer und Hausschuhe und öffnete seine Zimmertür einen Spalt breit. Seltsam, da war kein Licht! Er spürte Nervosität aufkommen. Wer bewegte sich wohl im Dunkeln mit schnellen Schritten durchs Hotel? Sams Neugier war stärker als seine Angst. Er schlüpfte auf den Flur, zog die Tür leise zu und lehnte sich erst einmal an die Wand, um seinen Puls zu beruhigen. Das leise Tappen von Schritten auf dem Hotelteppich war nicht mehr zu hören. Sam versuchte sich im Dunkeln zu orientieren und schlich auf Zehenspitzen Richtung Treppe.

Als er am Zimmer von Robert vorbeikam, streifte ihn ein kühler Luftzug. Sam fröstelte. Die Zimmertür war nur angelehnt. Was mochte das bedeuten? Er überlegte fieberhaft. Waren es Roberts Schritte gewesen? Warum sollte er aber ohne Licht durchs Hotel gehen? Sam nahm all seinen Mut zusammen und fragte leise: »Robert, bist du da?« Das war zwar irgendwie bescheuert, fand Sam, denn was sollte er sagen, wenn Robert nun aus dem Dunkeln des Zimmers treten würde und ihn fragte, was er hier herumschleiche? Er wartete. Nichts geschah.

Um sicher zu sein, öffnete Sam Roberts Tür so weit, bis er im Mondlicht die zurückgeschlagene Bettdecke und das leere Laken ausmachen konnte – Robert war nicht da!

Während Sam weiter zur Treppe schlich, suchte er nach einer plausiblen Erklärung, weshalb Robert mitten in der Nacht nicht im Zimmer, sondern irgendwo im Dunkeln unterwegs war. Die Antwort traf ihn wie ein Schlag! Er zuckte unwillkürlich zusammen und hielt den Atem an. Es lag auf der Hand: Robert war unterwegs, um Dirk weiter zu schaden! Er war der Täter!

Sam nickte entschlossen. Er musste Robert aufspüren und sehen, was dieser trieb. Nur so würde er einen Beweis gegen ihn in der Hand haben. Dass Robert nicht in seinem Zimmer war, reichte dafür längst nicht aus. Sam zwang sich weiterzugehen – trotz vor Aufregung zitternden Beinen.

Beim Treppenabsatz angekommen horchte Sam in die Dunkelheit. In der zweiten Etage – unter dem Dach – waren die Zimmer der Angestellten und Dirks kleine Wohnung. Hier gab es nachts kein automatisches Licht auf dem Flur. In der ersten Etage, wo sich insgesamt sechzehn Hotelzimmer für die Gäste befanden, brannten hingegen immer die grünen Notausganglichter. Zudem gab es Bewegungsmelder, sodass sofort das Licht anging, wenn jemand den Flur betrat.

Sam hielt sich am Handlauf der Treppe fest und versuchte ruhig zu atmen. Gerade als er über das Geländer hinunterspähen wollte, ging unten das Licht an und er zog seinen Kopf schnell zurück. Er legte das Ohr auf die Treppe und hoffte so zu erkennen, ob jemand die Treppe zum Erdgeschoss hinunterstieg. Sein Herz pochte allerdings so wild, dass er nicht sicher war, ob er das dumpfe Geräusch von Schritten oder seinen eigenen Puls wahrnahm. Jemand musste jedenfalls den Bewegungsmelder ausgelöst haben. Dumm nur, dass er nicht wusste, wer es gewesen war und wohin sich die Person entfernt hatte. Am wahrscheinlichsten war wohl, dass Robert auf dem Weg Richtung Erdgeschoss das automatische Licht ausgelöst hatte.

Sam unternahm einen zweiten Versuch, um vorsichtig über das Geländer zu schauen. Das Treppenhaus war durch die Lichter der ersten Etage hell erleuchtet und er konnte deshalb auch die untersten Treppenstufen Richtung Erdgeschoss gut erkennen. Eigentlich müsste man ja sehen, wenn jemand hinunterschleicht, dachte er. Es sei denn, die Person drückte sich ganz nah der Wand entlang.

Da! Ein Schatten unten im Erdgeschoss! Jemand musste sich tatsächlich am Rand der Treppe nach unten geschlichen haben und war nun beim Hinüberhuschen in die dunkle Gaststube kurz zu sehen gewesen! Sam schauderte. War er wirklich so mutig, die Verfolgung weiterzuführen, oder sollte er einfach wieder zu Bett gehen? Falls etwas passieren würde, hätte er ja immerhin die wichtige Entdeckung gemacht, dass Robert mitten in der Nacht nicht im Zimmer gewesen war. Nein, was würden die anderen Moun-Teens von ihm denken, wenn er jetzt einen Rückzieher machte?

Er gab sich einen Ruck, drückte sich ebenfalls an die Hotelwand und ging Schritt für Schritt auf leisen Sohlen nach unten. Der Blick aus dem Treppenhaus in den Flur der ersten Etage bestätigte ihm, was er gedacht hatte: Alles war ruhig – kein Hotelgast unterwegs. Er schlich weiter und befand sich gerade auf der untersten Stufe zum Erdgeschoss, als das automatische Licht oben wieder ausging und nur der grünliche Schimmer der Notausgang-Beleuchtung noch knapp bis zu ihm drang.

Irgendwie unheimlich.

Sams Augen hatten sich schnell an das spärliche Licht gewöhnt. Die Tür zur Gaststube stand offen, der Raum selbst lag völlig im Dunkeln. Sam stellte sich rechts neben den Türrahmen und horchte.

Was war das gewesen? Ein Kratzen? Sam begann zu schwitzen. Woher war das Geräusch gekommen? Jedenfalls aus Richtung Gaststube. Sam trat ein und tastete sich den Tischen entlang zur

Treppe, die ins Untergeschoss führte. Ein ungutes Gefühl beschlich ihn. Ihm war, als ob ihn jemand beobachtete. Jeden Moment erwartete er, dass aus dem Dunkeln zwei Augen aufblitzen würden. Das war natürlich Quatsch, sagte er sich. Erstens fehlte die Lichtquelle, um ein Auge aufblitzen zu lassen, und zweitens galt das doch nur für Tieraugen, oder? Sams Gedanken rasten. Anderseits, wenn Menschenaugen nicht aufblitzen, wie sollte er dann bemerken, falls noch jemand in der Gaststube war?

Sam blieb stehen und lauschte angestrengt.

Plötzlich war er sich ganz sicher, nicht alleine im Raum zu sein. Panik ergriff ihn. War da nicht ein Atmen zu hören? Aber woher? In seinem Kopf schrillten die Alarmglocken. Ich muss raus hier, dachte er.

Zu spät! Jemand stand direkt hinter ihm.

Sam war gelähmt vor Angst. Er sollte sich ducken, davonrennen – nur nicht stehen bleiben! Er wartete einen Moment zu lang.

Ein Arm wurde hart um seinen Hals gelegt und hielt Sam in eiserner Umklammerung fest. Gerade als Sam Luft holen wollte, um zu schreien, wurde eine Hand über seinen Mund gedrückt. Sam zappelte, um sich dem Griff zu entziehen. Er versuchte, den Angreifer in die Hand zu beissen, doch eine Stimme zischte ihm ins Ohr:

»Hör auf, sei still! Ich bins, Robert.« Die Hand blieb über Sams Mund und Robert flüsterte: »Sam, ich will dir nicht wehtun. Beruhige dich und schreie nicht, dann nehme ich die Hand weg.«

Sams Angst legte sich ein wenig und er zwang sich zu einem Kopfnicken, worauf Robert seine Hand wegnahm. Sam blieb stumm. Wie sollte er nur reagieren? Was war, wenn sich Robert auf frischer Tat ertappt fühlte? In Filmen würde man sich der Zeugen entledigen, schoss es Sam durch den Kopf, aber hatte Robert nicht gesagt, er wolle ihm nicht wehtun? Er verstand gar nichts mehr.

»Sam, warum folgst du mir?«, fragte Robert immer noch im Flüsterton.

»Ein Geräusch hat mich geweckt, dann habe ich Schritte gehört«, versuchte es Sam mit der Wahrheit.

»Das Geräusch habe ich auch gehört. Die Schritte waren dann wohl meine. Ich wollte hinunterschleichen, um nachzusehen. Leider ist dann das verflixte Licht angegangen. Vermutlich hat das den Einbrecher vertrieben. Jedenfalls habe ich nachher nichts mehr gehört – ausser deinen Schritten, aber du bist ja wohl kaum der Einbrecher.«

»Ein Einbrecher, bist du sicher?«, fragte Sam nervös.

»Ich glaubte jedenfalls, Geräusche vom Erdgeschoss oder vom Keller her zu hören. Als ich mich dann aber hier in der Gaststube befand und horchte, merkte ich, dass mir jemand folgte. Ich dachte erst, es sei vielleicht ein Komplize ...«

»Ich habs wohl vermasselt. Es tut mir leid, Robert.«

»Mir auch. Du bist echt mutig! Ich habe dich leider erst erkannt, als ich dich bereits umklammert hatte.«

»Eines verstehe ich aber nicht, Robert. Wenn du doch den Einbrecher vertreiben wolltest, warum hast du kein Licht gemacht?«

»Ich wollte ihn erwischen und der Polizei übergeben. Ich dachte, es sei vielleicht wieder derselbe Täter, der schon den Spruch gesprayt und den Müllsack ausgeleert hatte.« Die beiden sprachen immer noch im Flüsterton. »Deshalb habe ich dir dann auch die Hand auf den Mund gepresst, als ich dich erkannt habe. Damit du nicht schreist und den Eindringling vertreibst.«

»Du meinst, er ist vielleicht immer noch im Haus?« Sam merkte, wie sich seine Nackenhaare wieder sträubten.

»Kaum. Falls da wirklich jemand gewesen ist, hat er wohl etwas mitbekommen von unserem Gerangel vorher.«

Robert und Sam setzten sich an einen Tisch in der dunklen Gaststube und lauschten angestrengt.

Da war das Geräusch wieder! Ein Kratzen – ganz leise nur, aber doch deutlich zu hören. Robert legte Sam die Hand auf den Arm.

»Es kommt aus dem Untergeschoss«, flüsterte Sam aufgeregt.

Robert war bereits aufgestanden. Sam folgte ihm. Vorsichtig stiegen sie die Treppe hinunter, wobei das Geräusch immer deutlicher wurde. Was war das? In kurzen Abständen war ein Kratzen zu hören, dann herrschte wieder einige Sekunden lang Stille. Es klang irgendwie, als würde eine Katze ihre Krallen wetzen. War es vielleicht wirklich ein Fehlalarm? Würden Sie hier unten eine natürliche Erklärung für die seltsamen Geräusche finden?

Sie standen unten an der Treppe und hatten einen kurzen Korridor vor sich, von dem drei Türen abgingen; eine zum Keller, wo die Lebensmittelvorräte lagerten, eine zur Waschküche und eine zum Skiraum mit Verbindung zur Garage.

Die Geräusche waren nicht mehr zu hören.

Sam hielt sich mit einer Hand an Roberts Pullover fest, damit sie im Dunkeln nicht übereinander stolperten. Sie warteten.

Nichts.

Robert legte die Hand auf die Klinke der Kellertür und obwohl er diese ganz vorsichtig öffnete, knarrte sie laut. Sam erschrak und hielt den Atem an. Wenn sich jemand hier unten befand, würde er das gehört haben.

Einen Moment lang war es totenstill, dann vernahm man deutlich eilige Schritte und das Schliessen der Garagentür.

Robert zögerte nicht, hastete zur Tür zum Skiraum, riss sie auf und sprintete im Halbdunkeln Richtung angrenzende Garage.

Doch er kam nicht weit. Sam hörte ein lautes Scheppern, einen Schrei und unmittelbar danach einen heftigen Aufprall. Er machte Licht und rannte voller Sorge zum Skiraum.

Was für ein Bild! Am Boden waren sicher zwanzig Paar Ski, alle mit der Belagseite nach oben, wie wenn sie jemand hätte wachsen wollen. Robert hatte sie zu spät gesehen und war im Halbdunkeln über sie gestolpert. Nun lag er stöhnend vor der offenen Tür zur Garage und hielt sich seine rechte Schulter.

»Robert, alles klar?«

»Ja, es geht schon – ist wohl nichts gebrochen«, presste Robert gequält hervor. »Los, wir müssen den Kerl verfolgen!« Er rappelte sich mühsam hoch.

Sam stieg über die Ski, durchquerte mit Robert die Garage und trat durch die Tür ins Freie.

»Es ist niemand mehr zu sehen.« Robert wirkte geknickt. »Und Spuren gibts hier viele. Wenn der Schnee so hart ist, kann man unmöglich feststellen, welche Fussabdrücke frisch sind. So ein Mist!«

»Gehen wir wenigstens einmal ums Haus, okay?«, sagte Sam, der die Hoffnung noch nicht aufgegeben hatte, zumindest einen kleinen Anhaltspunkt zu erhalten, wer der nächtliche Besucher gewesen war.

Gemeinsam stapften sie ums Hotel – ohne Ergebnis.

»Was ist hier los?«, donnerte Dirks Stimme aus der Garage.

Sam und Robert fuhren herum.

»Was soll der Lärm und wer ist verantwortlich für die Unordnung im Skiraum?«, fragte Dirk wütend und blickte Sam und Robert vorwurfsvoll an.

»Das waren nicht wir, wenn du das meinst«, erwiderte Robert gereizt.

»Wir haben beide seltsame Geräusche gehört und sind ihnen gefolgt«, erklärte Sam ruhig, um in der Situation nicht noch mehr Öl ins Feuer zu giessen. »Dabei haben wir im Skiraum offenbar jemanden aufgeschreckt, der uns leider entkommen ist.«

»Entschuldigt, ich wollte euch nicht verdächtigen«, meinte Dirk etwas versöhnlicher. »Aber ich bin halt erwacht, als es hier unten fürchterlich schepperte. Da bin ich aufgestanden, habe aus dem Fenster geschaut und sah zwei Gestalten ums Hotel schleichen.«

»Das waren Robert und ich. Wir wollten feststellen, ob sich der Eindringling noch in der Nähe versteckt.«

»Und?«

»Fehlanzeige.«

»Was wollte er denn überhaupt? Ist etwas gestohlen worden?« Dirk wurde bleich. »Oder geht das Mobbing weiter?«, seufzte er leise, wobei ihm deutlich anzusehen war, wie sehr er sich wünschte, es wäre nur ein gewöhnlicher Einbrecher gewesen.

Wenig später traten sie in den Skiraum und betrachteten die Unordnung. Es war Sam, der zuerst realisierte, was hier geschehen war.

»Seht euch das an! Die Ski sind alle zerkratzt!«

Zu Unrecht verdächtigt

Am nächsten Morgen ging es im Hotel drunter und drüber. Kaum waren die Gäste erwacht, informierte man sie darüber, dass jemand in den Skiraum eingedrungen sei und mutwillig alle Skibeläge zerkratzt habe. Die Ski waren dadurch unbrauchbar gemacht worden und manche Gäste deshalb untröstlich. Dirk sah sich vielen Fragen und Vorwürfen ausgesetzt und teilte den Gästen mit bedauernder Miene mit, wie leid ihm alles tue und dass die Versicherung sicher dafür aufkommen werde. Dennoch hatte der Eindringling genau das erreicht, was er wollte. Dirks Ruf als Hotelier war beschädigt worden. Viele der Gäste würden ein anderes Mal nicht mehr bei ihm übernachten.

Sam schaute auf die Uhr – halb neun. Vor zwanzig Minuten war er von einem Anruf seines Vaters geweckt worden. Dirk hatte noch in der Nacht die Polizei verständigt, die ihm versprochen hatte, gleich am Morgen die Anzeige und den Schaden aufzunehmen.

Wachtmeister Winter hatte sich deshalb mit der ersten Gondelbahn um acht Uhr auf den Weg zur Lärchenalp gemacht. Unterwegs hatte er Sam angerufen und sich erkundigt, ob es ihm gut gehe und was er in der Nacht mitbekommen habe. Als Sam ihm dann erzählt hatte, wie hautnah er dabei gewesen war, hatte sich Jan Winter erst über die Tapferkeit seines Sohns gefreut, bevor dann auch eine Portion nachträgliche Sorge und Erleichterung dazugekommen war.

Sam setzte sich auf und zog sich an. Unterdessen würde sein Vater sicher schon eingetroffen sein. Er wollte ihn jedoch nicht bei der Arbeit stören und beschloss, lieber Matteo anzurufen und ihm über die vergangene Nacht zu berichten.

»Sam, was gibts so früh am Sonntagmorgen?«, meldete sich Matteo noch leicht schlaftrunken an seinem Mobiltelefon. In kurzen Zügen klärte Sam ihn auf.

»Komm rüber in mein Zimmer, dann können wir weiterdiskutieren.«

Amélie wachte auf und tastete wie immer zuerst nach ihrem Smartphone. Vielleicht hatte ja eine ihrer Freundinnen eine Kurznachricht geschrieben. Oft war es Lena, die noch vor dem Einschlafen etwas loswerden wollte oder, wenn sie am Sonntag früher erwachte, schon erste Pläne für den Tag schmiedete. Heute aber war die Nachricht von Sam. Mit klopfendem Herzen öffnete Amélie die App. Noch bevor sie las, überflog sie das Geschriebene, um zu sehen, ob da noch irgendwelche Emoticons – zum Beispiel ein Herz – zu finden waren. Leicht enttäuscht, weil Sam nichts dergleichen hinzugefügt hatte, begann sie zu lesen.

»Das Mobbing geht weiter. Heute Nacht sind Ski in Dirks Skiraum zerkratzt worden. Robert war es nicht. Kannst du heute hochkommen? Und ruf Lena an. Alles Weitere, wenn ihr hier seid. Sonst telefonieren wir. Sam«

Amélies Gesichtsausdruck hatte sich weiter verdüstert. »Nicht schon wieder!«, murmelte sie. Sie hatte sich aus dem Bett geschwungen und während sie mit der linken Hand die passenden Kleider für den Tag bereitlegte, tippte sie mit der rechten Hand ihre Antwort: »Ok. Ich rufe Lena an und komme so schnell wie möglich.«

Matteo klopfte an Sams Zimmertür, bevor er mit sorgenvoller Miene eintrat. Sam sass auf dem Bett und blickte von seinem Smartphone auf.

»Morgen, Berti! Amélie hat gerade geantwortet, dass sie später auch noch komme. Ich nehme an, dass sich auch Lena vom Sonntagsprogramm losreissen kann. Es gibt Arbeit für die MounTeens.«

»Was können wir denn deiner Ansicht nach konkret tun?«

»Wir müssen unsere Liste mit den Verdächtigen durchgehen und die neuen Erkenntnisse einarbeiten.«

»Du klingst wie ein Polizist in einem schlechten Film«, lachte Matteo.

»Im Ernst«, Sam war nicht gekränkt, »Robert kann wohl von unserer Liste gestrichen werden.«

»Du meinst, wir haben ihn zu Unrecht verdächtigt? Aber was ist mit dem Gespräch mit Herrn Manser und seinem Angriff auf mich hinter dem Bushäuschen?« Matteo schien wenig überzeugt von Roberts Unschuld.

»Das alles gilt es nun eben herauszufinden. Sicher ist, dass Robert heute Nacht ein hieb- und stichfestes Alibi hat, weil ich nämlich mit ihm unterwegs war und ein anderer die Ski zerstört hat. Wir müssen also mit ihm sprechen. Vielleicht hat er ja in den vergangenen Wochen noch mehr gesehen oder gehört als wir.«

»Du vertraust ihm also«, stellte Matteo fest, »und siehst ihn als Verbündeten.«

»Ja, ich bin überzeugt, dass Robert nicht gegen Dirk arbeitet und den Täter heute Nacht ebenfalls erwischen wollte. Das kann er mir nicht vorgespielt haben.«

»Ich finde, wir sollten die Mädchen noch fragen, was sie davon halten.« Matteo blieb skeptisch. »Und ich möchte nicht, dass wir nun meine Eltern wieder auf die Liste der Verdächtigen setzen.«

»Keine Angst, Matteo, die bleiben gestrichen.« Sam knuffte ihn freundschaftlich in die Seite. »Komm, lass uns nach unten gehen und schauen, was es Neues gibt.«

Jan Winter sass in der Gaststube und löffelte gerade etwas Zucker in seinen Kaffee, als Sam und Matteo eintraten.

»Kommt her, setzt euch!« Er schaute Sam eindringlich an. »Du machst Sachen, mein Sohn!«

»Papa, dürfen wir dich etwas fragen?«

»Ja, fragen dürft ihr, aber je nachdem werde ich nicht darauf antworten.« Jan Winter grinste. »Aber, das wisst ihr ja.«

»Wirst du die Spurensicherung aufbieten, Fingerabdrücke nehmen und so?«

Sams Vater lächelte nachsichtig. »Du schaust zu viel fern. Das gibts doch nur bei schweren Delikten, wenn zum Beispiel jemand getötet wurde. Hier habe ich einfach den Schaden und die Anzeige gegen Unbekannt aufgenommen.«

Sam gab sich mit der Antwort nicht zufrieden. »Aber, wie willst du den Täter dann fassen?«, bohrte er nach. »Wie lange soll das Mobbing gegen Dirk noch weitergehen?«

»Erstens weiss ich nicht, ob wir von einem Täter oder einer Täterin sprechen müssen. Zweitens ist unsicher, ob es sich um dieselbe Person handelt, die etwas auf die Hauswand gesprayt hat. Und drittens werde ich euch sicher nicht verraten, welche Verdachte die Polizei hat und was sie weiter unternimmt. Das wäre unprofessionell.« Jan Winter nahm einen grossen Schluck Kaffee.

»Ja, ja, das ist schon klar«, sagte Sam zerknirscht. »Aber sagst du uns wenigstens, was du unten im Skiraum festgestellt hast?«

»Das ist kein Geheimnis. Auch alle Gäste hier haben das ja nun mitbekommen. Insgesamt sind heute Nacht dreiundzwanzig Paar Ski zerkratzt worden. Dabei wurde ein harter Gegenstand – vermutlich ein Schraubenzieher – benutzt, den der Täter oder die Täterin wieder mitgenommen hat. Jedenfalls fand sich im Skiraum kein passender Tatgegenstand. Weiter konnte ich feststellen, dass die Garagentür unverschlossen gewesen sein muss, da es keine Gewaltanwendung gab, um die Tür zu öffnen. Spuren im

Schnee waren keine zu finden. Ermittelt wird deshalb gegen eine unbekannte Person wegen Hausfriedensbruch mit Sachbeschädigung.« Sams Vater hatte das wie einen Rapport routiniert heruntergeleiert, ohne dabei die geringste Emotion zu zeigen. Er bestellte sich einen zweiten Kaffee.

»Wurden alle Ski zerkratzt oder ist der Täter durch Sam und Robert unterbrochen worden?«, hakte Matteo nach.

»Eine gute Frage. Ein Paar Ski stand noch zusammengebunden im Ski-Rechen an der Wand. Offenbar hat die Zeit nicht für alle gereicht.«

»Es waren leider meine Ski«, sagte Melanie, die den Kaffee serviert und dabei die letzten Gesprächsfetzen aufgeschnappt hatte. »Sie sind nämlich schon älter und ich hätte gerne ein neues Paar erhalten«, witzelte sie mit einem Augenzwinkern und Galgenhumor – allerdings mochte niemand lachen. Die Hochstimmung nach dem gelungenen Bankett-Abend war bei Angestellten und Gästen verflogen und einer fast greifbaren gereizten Atmosphäre gewichen.

Dirk war in seiner Rolle als Gastgeber nicht zu beneiden. Er war gerade daran, am Nebentisch zum x-ten Mal an diesem Morgen zu erklären, wie so etwas hatte passieren können. Sam hörte mit einem Ohr zu. Immerhin diskutierten diese Gäste mit ihm und signalisierten ein gewisses Verständnis. Andere hatten offenbar wortlos gepackt und das Hotel direkt nach dem Frühstück verlassen. Dirk sah angeschlagen aus – tiefe Augenringe zeugten davon, dass er in der Nacht vor Sorge nicht mehr hatte schlafen können.

»Melanie, was ich dich noch fragen wollte ...«, sagte Sam, der dachte, dass eher sein Vater solche ermittlungstechnischen Fragen stellen sollte, »schliesst ihr die Tür zur Garage nachts eigentlich nie ab?«

Jan Winter blinzelte seinem Sohn zu. »Das habe ich Dirk auch bereits gefragt. Er meinte, dass die Tür von innen immer offen und von aussen ohne Schlüssel gar nicht zu öffnen sei, da es ja nur einen Türknauf gebe.«

»Ja, jeder Gast kann jederzeit vom Hotel aus in den Skiraum und, wenn er möchte, auch durch die Garage nach draussen gehen, aber hinein gehts nur über die Hoteltreppe«, ergänzte Melanie.

»Heisst also, der Eindringling besass einen Schlüssel, oder?«, schlussfolgerte Matteo.

»Nicht unbedingt«, widersprach Sam, während sein Vater belustigt, aber auch etwas stolz vor sich hinlächelte. »Der Täter könnte sich auch schon am Abend in der Garage versteckt haben oder aber die Garagentür nur angelehnt haben, um sie später dann von aussen öffnen zu können. Wenn er wie ein normaler Gast – sagen wir um sechs Uhr abends – aus der Gaststube zum Skiraum gegangen wäre und dann die Tür zur Garage offengelassen hätte, wäre das gestern Abend bestimmt niemandem mehr aufgefallen«, kombinierte Sam weiter.

»So, genug Polizei gespielt, mein Junge«, sagte Jan Winter mit gespielter Strenge, während es um seine Mundwinkel zuckte. »Ihr werdet es nicht glauben, aber auf genau diese Theorie bin ich nach der Befragung von Robert und Dirk auch gekommen. Vom Hotelpersonal war gestern Abend wegen des Banketts nach fünf Uhr keiner mehr im Skiraum oder in der Garage. Es ist also sehr wohl möglich, dass sich jemand die Tür für später schon mal einen Spalt breit geöffnet hat. Nun überlasst aber die Ermittlungen wieder uns Profis!« Er wuschelte seinem Sohn mit der Hand durch die Haare, verabschiedete sich von Matteo, Dirk und Melanie und verliess die Gaststube.

Sams Handy vibrierte. »Lena und Amélie sind in der Gondel, sie kommen in zehn Minuten hier oben an.«

»Gehen wir sie abholen!«, schlug Matteo vor.

»Hey, Berti, das sind ja ganz neue Töne von dir«, spottete Sam. »Seit wann bist du ein Gentleman?« Matteo wurde rot. »Ich dachte immer, dass es neben dem Fussball für dich nichts gibt – und Mädchen schon gar nicht.«

»Du spinnst wohl – es muss ja nicht jeder so offensichtlich verliebt sein wie du«, gab Matteo schlagfertig zurück.

»Aber heimlich verliebt bist du also?« Sam liess nicht locker.

»Nein. Ich glaube aber, dass Lena immer wieder mal testet, was ich von ihr halte. Das verunsichert mich manchmal, denn ich mag sie sehr. Aber, du weisst schon, irgendwie mehr wie eine Schwester, denke ich ...«

Mit so einer ehrlichen Antwort auf seine Sticheleien hatte Sam gar nicht gerechnet. Er schaute seinen Freund an und wurde ernst: »Tut mir leid, Matteo. So ist es mir aber mit Amélie auch lange ergangen, bis ich eines Tages nervös wurde, wenn ich sie gesehen habe.«

»Wie auch immer, ich bin jedenfalls froh, dass die Mädels kommen und die MounTeens wieder mal vereint sind.« Für Matteo war das Thema damit offenbar abgehakt und nur Sam spürte die Schmetterlinge, als sie die Bergstation erreicht hatten und die Gondel langsam näherkam.

Marvin öffnete die Türen und die Skigäste strömten aus der Kabine. Matteo und Sam hielten Ausschau nach den Mädchen und winkten sie zu sich. Drei Küsschen links und rechts auf die Wange waren zur Gewohnheit geworden, doch Sam schien, als halte Amélie heute etwas länger inne als sonst. Wie gut sie nach Shampoo roch! War es ein Mandel-Duft?

»Hallo Jungs!«, rief ihnen Marvin gutgelaunt zu. »Gibts Neuigkeiten von heute Nacht?«

»Kommt darauf an, was du bereits weisst«, sagte Matteo.

»Nur, was mir die Mädchen beim Herauffahren erzählt haben.«

»Dreiundzwanzig Paar Ski wurden zerkratzt. Der Täter ist durch die Garage gekommen und auch wieder so geflohen.«

Marvin dachte nach. »Ist denn die Tür normalerweise nicht von aussen her immer verschlossen?«

»Doch.«

»Ist es deshalb nicht logisch, dass jemand einen Schlüssel haben musste, um da hineinzukommen?«

»Nicht unbedingt.« Sam fand es spannend, Marvin weiter schlussfolgern zu lassen.

»Also, wenn ihr mich fragt, muss es jemand vom Hotel gewesen sein. Wie sonst lässt sich erklären, dass die Garagentür nicht aufgebrochen wurde.«

Sam schüttelte den Kopf und erklärte Marvin wie einem Schuljungen, welche Erklärung er – und zuvor auch schon sein Vater – dafür gefunden hatten. Die Mädchen und Marvin nickten zustimmend.

»Hat denn jemand den Täter gesehen?«, wollte Lena nun wissen.

»Leider nein. Robert und ich waren nahe dran, aber dann ist er uns entwischt.«

Die Glocke schrillte. Die Gondel im Tal war wieder fahrbereit. Marvin nickte den MounTeens freundlich zu. »Geniesst den Tag trotzdem! Tschüss!«

Wenig später war das weitere Vorgehen für den Tag beschlossene Sache. Sam hatte noch einmal ausführlich von der vergangenen Nacht erzählt und die Mädchen überzeugt, dass sie alle mit Robert sprechen müssten, um anschliessend eventuell die verdächtigen Hoteliers noch einmal unter die Lupe zu nehmen.

Zum Glück hatte Robert bereits um elf Uhr eine halbstündige Pause, um schon vor dem grossen Mittagsansturm etwas essen zu können. Die MounTeens warteten in der Küche und fingen ihn ab, als er sich seine Gulaschsuppe abholte.

»Robert, wir möchten mit dir sprechen. Dürfen wir uns zu dir setzen, während du isst?«

»Sicher, was gibts?«

Lena fasste zusammen, was sie wussten, welche Verdachte sie bisher gehegt hatten und inwiefern auch er wegen des Gesprächs mit Paul Manser auf ihrer Liste notiert gewesen war. Robert hatte bis dahin aufmerksam zugehört, nun aber fiel er Lena ins Wort.

»Jetzt verstehe ich, warum ihr mich in letzter Zeit so seltsam angeschaut habt! Die Ohrringsuche habe ich euch abgenommen, aber die Geschichte am Weihnachtsmarkt, als du, Matteo, hinter dem Bushäuschen gelauscht hast und ihr mir sagtet, das sei ein Versteckspiel, fand ich echt seltsam.« Seine Gesichtszüge entspannten sich langsam. »Und nun wollt ihr wissen, was ich mit Paul Manser besprochen habe?« Die MounTeens nickten. »Das heisst dann aber auch, dass ich nun nicht mehr verdächtig bin, oder?«

»Ja, nach gestern Nacht vertrauen wir dir«, warf Sam ein.

Nun musste Robert lachen. »Vielen Dank, ihr Detektive! Ich muss schon sagen, ich bin beeindruckt von eurem Spürsinn. Hier hat euch aber eure Fantasie einen Streich gespielt!«

Die MounTeens warteten gespannt auf Roberts Erklärung für die gehörten Wortfetzen.

»Was genau habt ihr gehört?«, fragte er amüsiert.

Sam kramte einen Zettel hervor, auf den sie alles aufgeschrieben hatten. »Paul Manser sagte, du hättest doch nicht gleich übertreiben müssen, und du sagtest, dass es die einzige Möglichkeit gewesen sei, ihn loszuwerden. Und am Weihnachtsmarkt sprach Herr Manser von einem ›Denkzettel‹, während du jemanden ›einfach draussen‹ haben wolltest.«

Robert nickte amüsiert. »Gut kombiniert, das passt wirklich zu unserem gesuchten Täter. Vielleicht kann aber mein Chef mal rüberkommen und mich etwas entlasten?«

Dirk hatte die Bitte gehört und trat zu ihnen. Ihm war nach kurzer Erklärung schon klar, was Robert meinte. »Vor zwei Wochen war ein Hotelgast von Paul Manser an meiner Hotelbar und wurde nach ein paar harten Drinks plötzlich laut und sogar zudringlich.«

»Was heisst das genau?«, wollte Amélie wissen.

»Er fing an, zwei Frauen an der Bar anzubaggern und dann auch anzufassen.«

»Da kam dann ich ins Spiel«, meldete sich Robert zu Wort. »Ich habe ihn am Kragen gepackt und kurzerhand an die frische Luft gesetzt.« Robert grinste zufrieden beim Gedanken daran, wie er den lästigen Kerl rausgeschmissen hatte.

»Das fand der Gast allerdings nicht so toll und beschwerte sich am nächsten Tag bei Paul Manser«, ergänzte Dirk. »Paul fand zwar, es wäre auch ohne Gewalt gegangen, bezeichnete dem Gast gegenüber unser Vorgehen aber als richtig, worauf dieser noch am selben Tag wutentbrannt abreiste und schwor, das letzte Mal hier oben gewesen zu sein.«

Die MounTeens mussten zugeben, dass sich damit ihr Verdacht gegen Robert in Luft aufgelöst hatte. »Tut uns echt leid, Robert!«, murmelte Matteo kleinlaut.

»Warum denn? Ihr habt alles richtiggemacht. Ich bin euch nicht böse.«

»Uns gehen die Verdächtigen aus«, stellte Lena nüchtern fest, als die MounTeens später in Sams Zimmer sassen.

»Ja, mit dieser Geschichte wurde nicht nur Robert, sondern zum Teil auch Herr Manser entlastet«, seufzte Amélie.

»Vergiss aber den Müllsack nicht, der immerhin aus seinem Hotel stammte«, erinnerte sie Matteo.

»Das bedeutet doch gar nichts.« Amélie wirkte ratlos.

Lena kaute an ihrer Unterlippe. Im Kopf ging sie nochmals alle möglichen Täter und Motive durch. »Leute, wenn man alles bedenkt, bleiben Sven Halmstad und Paul Manser als Hauptverdächtige, da wir die Bertones ja ausgeschlossen haben, oder? Worauf warten wir also noch? Versuchen wir herauszufinden, wo die beiden Hoteliers heute Nacht waren!«

»Und wie willst du das herausfinden?«, bemerkte Amélie kritisch. »Du kannst sie ja nicht einfach so fragen, oder? Und auch wenn es einer von ihnen gewesen wäre, würde er es uns sicher nicht auf die Nase binden.«

»Nein, was wäre aber, wenn Dirk anrufen würde, um zu fragen, ob bei ihnen auch etwas vorgefallen sei? Es könnte ja immerhin sein, dass der Täter auch in anderen Hotels Ski zerkratzt hat.«

»Das glaubst du doch selbst nicht!«, erwiderte Amélie.

»Ich nicht, aber aus Dirks Sicht wäre es nur logisch nachzufragen, seine Kollegen wenigstens zu informieren oder eventuell gar zu warnen.«

»Mir gefällt Lenas Idee«, meldete sich Matteo zu Wort. »Wir haben nichts zu verlieren und vielleicht verrät sich ja einer von beiden. Mal schauen, ob Dirk mitmacht.«

Die MounTeens hatten sich im Büro um das Telefon versammelt. Dirk war sofort einverstanden gewesen, wollte aber einfach informieren und warnen. Keinesfalls wollte er nach Alibis fragen oder gar einen Verdacht gegen seine Hotelierkollegen äussern. Er weigerte sich weiterhin beharrlich, Sven Halmstad oder Paul Manser zu verdächtigen.

Dirk hatte den Lautsprecher des Telefons so eingestellt, dass alle mithören konnten, und wählte zuerst die Nummer vom Hotel Arvenhof.

»Halmstad«

»Hallo Sven. Ich bins, Dirk.«

»Dirk, wie gehts?«

»Nicht besonders. Hast du gehört, dass bei mir heute Nacht eingebrochen wurde?«

»Bei dir? Oh Mann, dir bleibt aber auch nichts erspart! Was ist gestohlen worden?«

»Nichts, der Täter wollte nur in den Skiraum, um die Ski meiner Gäste zu zerkratzen.«

»Das darf doch nicht wahr sein!« Sven Halmstad schien echt überrascht. Einen Moment blieb es still in der Leitung. »Kann ich dir irgendwie helfen?«

»Nein, schon gut. Ich wollte nur, dass du es weisst. Bei dir ist offenbar nichts dergleichen passiert, oder?«

»Meine Gäste sind jedenfalls alle auf den Pisten. Keiner hat sich heute Morgen gemeldet und von zerkratzten Ski gesprochen.«

»Schön für dich!«, seufzte Dirk. »Schliess den Skiraum gut ab heute Nacht. Man weiss ja nie.«

»Das werde ich. Halt die Ohren steif, Dirk!«

»Danke. Tschüss, Sven.«

»Tschüss, Dirk.«

Niedergeschlagen beendete Dirk das Gespräch.

Die MounTeens sahen sich an. »Das war nichts«, stellte Sam fest. »Entweder ist Sven so ein guter Schwindler oder er war echt überrascht.«

Dirk schüttelte den Kopf. »Ich rufe nun Paul auch noch an. Dann wissen alle dasselbe. Und bei deinen Eltern gehe ich nachher schnell vorbei, Matteo.« Er wählte die Nummer des Hotels Alpenblick, wo einer der Kellner das Telefon abnahm. Auf Dirks Frage nach Paul, meinte der Angestellte, Manser sei das ganze

Wochenende nicht hier. Er feiere immer am letzten Wochenende vor dem 24. Dezember Weihnachten mit der Familie seiner Tochter, die irgendwo in der Gegend von Bern wohne. Dirk bedankte sich und blickte die MounTeens fragend an.

»Seien wir ehrlich«, sagte Matteo, »nun müsste man Herrn Mansers Alibi überprüfen – aber wir sind ja keine Polizisten.«

»Er wird sich kaum seit gestern Morgen irgendwo versteckt gehalten haben, um dann in der Nacht in Dirks Skiraum zu schleichen und heute wieder abzutauchen«, dachte Lena laut nach und sprach damit aus, was alle dachten.

»Ich rufe Paul nun auf dem Handy an – nicht, um ihn zu überführen, sondern um ihn zu informieren.« Dirks Anruf verlief ähnlich wie jener bei Sven Halmstad – nur, dass die Verbindung deutlich schlechter war und eine im Hintergrund hörbare Ansage für einen Schnellzug nach Fribourg, Lausanne und Genf bewies, dass sich Paul Manser am Bahnhof in Bern befand.

»Er war es nicht«, sagte Amélie, nachdem Dirk sich verabschiedet hatte. »Bleibt also doch nur Sven übrig.«

Wie ein Fall den Fall löst

Im Feuerschein der Fackeln sah die Piste irgendwie gespenstisch aus. Sam fuhr gleich hinter Amélie und konzentrierte sich auf ihre Skienden, um ja keinen Auffahrunfall zu bauen. Ansonsten würde die ganze schöne Schlange unterbrochen werden. Hinter sich hörte er Matteo auf dem eisigen Hang in Pflugfahrt bremsen. Lena wiederum musste irgendwo hinter Matteo eingereiht sein. Sie alle nahmen an der traditionellen Fackelabfahrt teil, die alljährlich am Samstagabend nach Weihnachten stattfand.

Tim Richard, Amélies Vater, machte dieses Jahr die Spitze, gefolgt von einheimischen Kindern, zu denen auch die MounTeens gehörten, bevor dann die Skischulklassen folgten. In grossen Schwüngen schlängelte sich so eine fast zweihundert Meter lange Reihe von Skifahrerinnen und Skifahrern mit Fackeln ausgerüstet talwärts Richtung Lärchenalp, wo hunderte von Feriengästen dem nächtlichen Spektakel beiwohnten und gespannt zur Piste hochschauten.

»Zum Glück habe ich die alte Skijacke angezogen«, schrie Matteo und Sam nickte heftig, denn auch seine Kleider hatten einige Wachstropfen abbekommen. Es war gar nicht so einfach, ohne Skistöcke zu fahren und stattdessen eine Fackel in der Hand zu halten, von welcher es zudem immer wieder mal heiss heruntertropfte, weshalb die Skischulklasse der Anfänger jeweils auch nicht mitfuhr.

»Bereit zur Zieldurchfahrt!«, rief Tim Richard über seine Schulter den hinter ihm Fahrenden zu und bog ein in das Spalier, welches die Zuschauerinnen und Zuschauer gebildet hatten, um die ankommenden Fackelfahrerinnen und -fahrer mit Applaus zu begrüssen.

»Das war cool!«, rief Lena, die dieses Jahr zum ersten Mal dabei gewesen war, als die MounTeens vor dem Hotel Regina anhielten.

»Und am tollsten ist, dass wir nun auch noch zusammen bei mir übernachten dürfen«, sagte Matteo, dessen Eltern die MounTeens eingeladen hatten, nach der Fackelabfahrt gleich auf der Lärchenalp zu bleiben.

Sam zog seine Handschuhe aus und fasste Amélie behutsam an die Wange. »Warte, du hast da noch Wachsspritzer.« Er begann, mit Daumen und Zeigefinger drei rote Knöllchen wegzuklauben.

»Nett von dir.« Amélie hielt ihm auch noch die andere Wange hin.

Sam aber schüttelte den Kopf. »Da ist nichts.«

»Wie schade!«, meinte sie keck und bedachte Sam mit einem Lächeln, das ihn erröten liess.

Für die MounTeens hatten am Montag die zweiwöchigen Weihnachtsferien begonnen und ausser am Mittwoch und Donnerstag, wo sie mit ihren Familien Weihnachten gefeiert hatten, waren sie jeden Tag zusammen über die Skipisten von Bad Lärchenberg gebraust.

Seit dem letzten Wochenende war bei Dirk nichts mehr vorgefallen und die MounTeens hatten in ihren Ermittlungen kaum Erfolge erzielt. Matteo hatte bis auf Weiteres den Auftrag, bevor er zu Bett ging vom Zimmerfenster aus Dirks Hotel zu beobachten. Allerdings hatte er nichts Verdächtiges entdecken können. Lena hatte die Hotelbewertungen weiter im Blick behalten, war aber auf keine ungewöhnlichen Einträge mehr gestossen, und Sam hatte versucht, seinem Vater immer wieder mal die Würmer aus der Nase zu ziehen, was wenigstens einigermassen gelungen war. So hatte Sam berichten können, dass der Schaden für die zerkratzten Ski auf zwölftausend Franken geschätzt wurde und die Polizei sich doch bemüht hatte, bei Gästen, Hotel- und Ferienhausbesitzern nachzufragen, ob jemand um drei Uhr nachts eine verdächtige Person gesehen hatte – natürlich ohne ein brauchbares Ergebnis, da zur Tatzeit alle am Schlafen waren.

»Kommt, gehen wir hinein! In meinem Zimmer haben wir für euch bereits drei Matratzen auf den Boden gelegt.« Matteo schaute auf die Uhr. Es war kurz nach neun.

Die MounTeens verbrachten den Rest des Abends in Matteos Zimmer und vergnügten sich bis Mitternacht mit Kartenspielen.

Als Amélie müde wurde, lehnte sie sich an Sam, der sich daraufhin kaum mehr auf das Spiel konzentrieren konnte. Ihre blonden Haare kitzelten ihn am Hals, aber er konnte sich nichts Schöneres vorstellen.

Bloss nicht bewegen, dachte Sam, wenngleich sein Bein einzuschlafen drohte und im aufgestützten Arm erste Krampferscheinungen auftraten.

»Legen wir uns schlafen?«, fragte Lena gähnend, nachdem Matteo als Sieger des Kartenspiels hervorgegangen war.

Wenig später hatten sie die Zähne geputzt und lagen in ihren Schlafsäcken.

»Matteo, hast du diese Woche wirklich immer vor dem Einschlafen noch Dirks Hotel beobachtet?«, fragte Sam und es klang kritischer als gewollt.

»Klar!«, gab dieser leicht gereizt zurück, »zweifelst du daran?«

»Nein, aber ich übernehme den Job für heute. Ich bin sowieso nicht müde.«

»Ich schon«, flüsterte Amélie aus dem Dunkeln. »Aber lieb von dir. Gute Nacht!«

Kurz darauf hörte Sam die anderen MounTeens regelmässig atmen. Sie waren eingeschlafen.

Sam tippte auf sein Mobiltelefon. Ein Uhr fünfzehn. Nun war er schon eine Stunde auf seinem Beobachtungsposten. Rund um das gegenüberliegende Hotel hatte sich überhaupt nichts Nennenswertes ereignet. Total langweilig, dachte er, dennoch fühlte er sich kein bisschen müde. Er führte sich noch einmal vor Augen, was alles passiert war: die besprayte Fassade am Samstagmorgen des ersten Dezemberwochenendes, der ausgekippte Müllsack am darauffolgenden Morgen und die fiese Aktion in Dirks Ski-Raum in der Nacht auf letzten Samstag. Seltsam, dachte er, dass alles im Wochenrhythmus stattgefunden hatte. War es Zufall? Jedenfalls war nun wieder Wochenende. Er blickte konzentriert aus dem Fenster. Alles war dunkel, nur der Mond tauchte die Lärchenalp in ein fahles Licht.

Da, was war das gewesen? Aus den Augenwinkeln hatte er eine Bewegung wahrgenommen. Nun war da aber nur noch ein Schatten, der sich nicht mehr rührte. War er vorher schon da gewesen oder drückte sich dort eine Gestalt an die Hauswand des Nachbargebäudes? Sam kniff die Augen zusammen und sah genau hin. Spielte ihm nun seine Einbildung einen Streich oder bewegte sich dieser Schatten tatsächlich? Nein, da schlich ganz eindeutig jemand Richtung Hotel Montana. Sams Puls ging schneller. Die Person hatte einen Rucksack und bewegte sich nun aus seinem Blickfeld hinaus hinter das Nachbarhaus.

Als die Person wieder auftauchte, hatte sie einen langen Gegenstand geschultert. Sam wusste, dass sich hinter dem Nachbarhaus immer eine Leiter befand, die oft gebraucht wurde, um drohende Dachlawinen bewusst auszulösen, sodass keiner der Gäste zufällig von herabfallenden Schnee- und Eismassen getroffen wurde. Wenn die Person nun aber diese Leiter Richtung Dirks Hotel trug, geschah es bestimmt nicht, um einen Unfall zu verhindern. Vielmehr ging von dieser dunklen Gestalt selbst die Gefahr aus!

»Wacht auf!«, rief Sam aufgeregt, »da draussen ist jemand.«

Lena war sofort neben ihm, während Matteo und Amélie erst nur mürrisch knurrten, bevor sie schlaftrunken zum Fenster torkelten. Was sie sahen, liess sie aber schnell erwachen. Eine dunkel gekleidete Person machte sich gerade daran, eine Leiter an die Dachkante des Hotels Montana zu stellen.

»Amélie, ruf bitte sofort Dirk an! Und Matteo, wecke deinen Bruder oder deine Eltern. Wir brauchen Unterstützung.« Es war Lena, die das Kommando übernommen hatte, während Sam bereits Jacke und Moonboots über seinen Trainer angezogen hatte und nach draussen stürmen wollte. »Sam, warte noch. Wir gehen wenigstens zu zweit.«

Sam wusste, dass Lena recht hatte, auch wenn es ihm schwerfiel, so viel Geduld aufzubringen. Er wartete, bis sie sich ebenfalls etwas Warmes übergezogen hatte, dann liefen sie nach unten, um durch den Hinterausgang des Hotels hinauszugehen und dann mit einem kleinen Umweg im Schutze der Dunkelheit zur Rückseite von Dirks Hotel zu gelangen.

Lena und Sam atmeten heftig, als sie sich an die Mauer des Hotels Montana drückten.

»Meinst du, er hat uns bemerkt?«, flüsterte Lena, während ihr das Herz bis zum Hals schlug.

Sam lugte vorsichtig um die Hausecke. Die Leiter war nur fünf Meter entfernt. Er schaute nach oben. Hier vom Untergeschoss, wo sich die Garage befand, bis zur Dachkante über der zweiten Etage waren es sicher zehn Meter.

»Ich sehe ihn nicht.« Unbewusst sprach auch Sam von der verdächtigen Person plötzlich in der männlichen Form. »Er ist wohl auf dem Dach. Was will er dort?«

Lena und Sam lösten sich Schritt für Schritt von der Mauer, um besser hinaufsehen zu können. Plötzlich zupfte Lena Sam am Ärmel und bedeutete ihm, sich nicht mehr zu bewegen. »Dort, ganz links, da ist jemand!«, zischte sie. Sam folgte ihrem Blick.

Tatsächlich – da kauerte eine Person neben dem Schornstein und wühlte in einem Rucksack. Plötzlich schreckte sie aber hoch und packte hektisch zusammen, bevor sie über das schneebedeckte und rutschige Dach zur Leiter eilte.

Sam erkannte, weshalb sie so unvermittelt den Rückzug angetreten hatte. Sowohl bei Bertones als auch bei einigen Fenstern des Hotels Montana war Licht angegangen, was um diese Uhrzeit kein Zufall sein konnte. Nun war die Person am Rand des Daches angekommen und griff nach der Leiter. Einen kleinen Moment lang schien es, als würde sie das Gleichgewicht verlieren. Schnee rieselte vom Dach. Dann fing sie sich wieder und setzte den Fuss auf die oberste Sprosse.

»Der haut ab!«, flüsterte Sam aufgeregt. »Dirk und die Bertones kommen zu spät – wir müssen selbst etwas unternehmen!«

Lena und er hatten sich wieder hinter der Hausecke versteckt.

»Du willst doch nicht gegen einen erwachsenen Mann kämpfen, oder?«, sagte Lena verzweifelt. Dann hatte sie die entscheidende Idee: »Wir müssen die Leiter umwerfen.«

Sam überlegte nicht lange. Er rannte los. Ein Blick nach oben zeigte ihm, dass die Person bereits einige Sprossen hinuntergeklettert war. Er musste sich beeilen. Sam legte seinen Arm an und rammte seine rechte Schulter wie bei einem Check im Eishockey mit voller Kraft gegen die Aluminiumleiter. Das untere Ende der Leiter rutschte weg und der obere Teil kippte wie eine Barriere nach unten.

Lena sah, dass die Person wie in Zeitlupe in Schräglage geriet und sich an die fallende Leiter klammerte, dann hörte sie einen unterdrückten Schrei, bevor die Leiter mit grossem Getöse heftig auf dem harten Boden aufschlug.

Die Person blieb stöhnend liegen – praktisch direkt vor Lenas Füssen. Das rechte Bein lag unter der Leiter und war seltsam verdreht. Lena machte einige Schritte zurück und musterte die Person aus sicherer Entfernung. Es war ein Mann, wie der Körperbau unschwer erkennen liess. Er trug eine schwarze Sturmhaube mit einem schmalen Seh-Schlitz für die Augen, die vor Schmerz geschlossen waren. Nun versuchte er sich aufzurichten, um vielleicht doch noch zu fliehen, aber der Schmerz war zu gross, das Bein schien gebrochen. Der Mann legte sich wieder hin und jammerte leise.

Unterdessen waren Matteo und Amélie zusammen mit den Bertones angerannt gekommen – und auch Dirk stürmte im gleichen Moment zur Garagentür heraus, dicht gefolgt von Melanie und Robert. Die MounTeens näherten sich dem vermummten

Mann und bildeten einen Halbkreis um ihn, wobei sie aber in sicherem Abstand blieben.

»Wer ist er?«, fragte Dirk, ohne wirklich eine Antwort zu erwarten.

Melanie überraschte alle, als sie sagte: »Ich glaube, ich weiss, wer sich unter der Kappe verbirgt. Nimm sie ab, Marvin!«

Dirk sah seine Freundin verdutzt an.

Noch überraschter waren alle umstehenden Personen aber, als sich die Person die Sturmhaube vom Kopf riss und tatsächlich Marvins schmerzverzerrtes Gesicht zum Vorschein kam.

»Marvin, warum?«, fragte Matteo fassungslos.

»Es ist wegen Melanie«, stöhnte Marvin. »Dirk hat sie mir weggenommen.«

Melanie kauerte sich neben Marvin, zog ihre Jacke aus und bettete seinen Kopf darauf, sodass er etwas bequemer liegen konnte. »Marvin, du weisst, dass es nicht so war. Wir haben uns getrennt und beschlossen, Freunde zu bleiben«, sagte sie in ruhigem, fast zärtlichen Ton. Ganz offenbar hatte sie trotz seiner Taten Mitleid mit ihm. Sie wandte sich an die im Halbkreis versammelten Personen. »Dirk, du weisst es ja, aber ihr anderen müsst wissen, dass Marvin und ich zwei Jahre zusammen waren, bevor wir uns im Herbst getrennt haben. In den letzten Wochen habe ich mir viele Gedanken gemacht, wer etwas gegen Dirk haben könnte, kam aber einfach nicht drauf, weil ich in Dirks und nicht in meinem Bekanntenkreis gesucht habe. Als ich nun herausgerannt kam, habe ich Marvin sofort erkannt, nicht zuletzt an den schwarzen Jeans und Schuhen, die er trägt.« Sie richtete ihre Aufmerksamkeit wieder auf Marvin und schaute ihn lange an, während sie sichtlich um Fassung rang. Die Umstehenden schwiegen betreten.

»Wie konntest du mir das nur antun?«, fragte Melanie mit erstickter Stimme.

Marvins Lippen bewegten sich mühsam. Er hatte sich beim Sturz wohl das Bein gebrochen und deshalb grosse Schmerzen.

»Melanie, verzeih mir, aber ich konnte nicht aufhören, dich zu lieben«, presste Marvin hervor. »Ich wollte Dirk dazu bewegen, die Lärchenalp oder besser noch die Gegend hier zu verlassen, und hoffte, dass ich dann eine zweite Chance bei dir hätte. Die Sache mit den Hotelbewertungen, der gesprayte Spruch, der Müllsack, die Ski – es war alles ein grosser Fehler, ich weiss.«

Dirk hatte sich erstaunlich gut im Griff, sagte gar nichts und nahm Melanie, die nun überwältigt von ihren Gefühlen schluchzend zu ihm ging, in seine Arme.

Claudio Bertone zückte sein Handy und wählte die Nummer der Polizei, um den Unfall zu melden und die Rettung zu organisieren.

Eine Viertelstunde später war der Helikopter der Bergrettung zu hören. Schon vorher hatten die MounTeens weiter unten Richtung Bad Lärchenberg die Scheinwerfer eines Schneemobils gesehen, das sich die Kurven des Schlittelweges heraufschlängelte.

Fast gleichzeitig trafen die zwei Sanitäter des etwas abseits gelandeten Helikopters und Wachtmeister Winter am Unfallort ein. Sams Vater bedachte die MounTeens mit einem prüfenden und leicht tadelnden Blick, bevor er sich zu Marvin hinkniete und mit den Bergrettern abmachte, wie sie weiter vorgehen sollten. Es wurde beschlossen, Marvin umgehend ins Spital zu bringen. Aufgrund der Verletzungen würde keine Fluchtgefahr bestehen. Zudem war Marvin weder vorbestraft noch als gefährlich einzustufen. Er hatte einfach einen Fehler gemacht, den er nun mit einer hohen Geldstrafe und eventuell einer bedingten Gefängnisstrafe würde büssen müssen.

Jan Winter liess sich von den Umstehenden schildern, was passiert war und nahm Marvins Geständnis kurz vor dem Verladen in den Helikopter auf. Dann trat er in die Gaststube des Hotels Regina, wo sich die MounTeens bei Familie Bertone versammelt hatten, um nochmals über das Geschehene zu sprechen und sich zu beruhigen. Monica Bertone servierte Sams Vater einen Kaffee.

»Gut, dass Sie so schnell kommen konnten, Herr Winter!«

»Ja, ich habe den Chef des örtlichen Rettungsdienstes angerufen und ihn gebeten, mir das Schneemobil bereit zu machen.«

»Was hat Marvin denn auf dem Dach gewollt?«, fragte Diego.

»Ich glaube, das wusste er selbst nicht so genau. Er hatte ein Seil, einen Jutesack und zwei Leintücher dabei.« Wachtmeister Winter schüttelte den Kopf. »Nach eigenen Aussagen wollte er damit den Schornstein verstopfen oder zumindest den Rauch am

Austreten hindern. Er wollte Dirk also quasi ausräuchern. Ich werde einen Kaminfeger fragen müssen, ob das so hätte klappen können und ob sogar ein Brand provoziert worden wäre.«

»Warum ist denn das jetzt noch wichtig?«, fragte Amélie und nahm einen Schluck heissen Tee.

»Das Strafmass wird stark davon abhängen, ob er mit dieser Aktion jemanden gefährdet hätte«, klärte Sams Vater sie auf und blickte dabei ernst in die versammelten Gesichter.

»Ich kann es einfach nicht glauben«, meldete sich Matteo zu Wort. »Marvin war immer so nett zu uns. Wir hatten ihn wirklich nicht auf dem Radar!«

»Dabei hätten wir es wissen können«, sagte Sam nun und schlug sich mit der Hand an die Stirn. »Weisst du noch, Matteo, wie Marvin uns in der Gondel geklagt hat, wie sehr er seine Freundin vermisse, die ihn vor drei Monaten verlassen habe?«

»Ja, er war krank vor Liebeskummer«, erinnerte sich Matteo. »Wir hätten merken können, dass er genau gleich lang keine Freundin mehr hat, wie Dirk mit Melanie zusammen ist.«

»Wenn wir diesen Zusammenhang verstanden hätten, wäre er sicher auf unserer Liste der Verdächtigen vermerkt worden«, dachte Amélie laut. »Vor allem auch, weil er ein Ferienhaus hier oben hat, in welchem er übernachtet, wenn er Spätdienst hat. Warum nur sind wir nicht darauf gekommen?«

»Er hat sich sogar einmal verraten, aber es fällt mir erst jetzt auf.« Sam war vor Aufregung aufgestanden. »Erinnert ihr euch an letzte Woche, als die Sache mit den zerkratzten Ski passiert ist und ich Amélie eine Nachricht schrieb, dass sie mit Lena hochfahren solle? Marvin wollte doch dann wissen, was es Neues gebe, und hat zu mir gesagt, er wisse nur, was ihm die Mädchen erzählt hätten. Lena und Amélie wussten aber erst, dass in der Nacht Ski zerkratzt worden waren. Von der Garagentür habe ich kein Wort geschrieben. Marvin aber sagte, dass die unversehrte Garagentür darauf schliessen lasse, dass der Täter einen Schlüssel habe!« Sam blickte triumphierend in die Runde und sah seinen Vater grinsen. »Das aber konnte er gar nicht wissen«, fuhr Sam weiter, »was uns eigentlich hätte stutzig machen müssen.«

»Euch kann man nun wirklich keinen Vorwurf machen«, sagte Claudio Bertone voller Bewunderung. »Ihr habt das toll aufgeklärt, auch wenn am Schluss ein Zufall oder besser gesagt ein Unfall dafür verantwortlich war, dass Marvin geschnappt werden konnte.«

Lena und Sam schauten sich überrascht an. Natürlich! Ausser ihnen hatte ja gar niemand gesehen, wie Sam gegen die Leiter gerannt war und Marvins Sturz so erst verursacht hatte. In der allgemeinen Aufregung war das völlig untergegangen und für die Herbeigeeilten schien es völlig logisch gewesen zu sein: Marvin hatte fliehen wollen und war dann in der Hektik ausgerutscht und von der Leiter gefallen.

Lena räusperte sich: »Ehrlich gesagt war es weder Zufall noch Unfall. Sam hat da schon etwas nachgeholfen.«

Nachdem Lena und Sam die ganze Geschichte erzählt hatten, wurden sie von allen Seiten für ihren Mut und die Geistesgegenwart gelobt.

»Der Fall, der den Fall löst«, murmelte Wachtmeister Winter halblaut. Er wusste nicht recht, ob er sich über die Festnahme freuen oder über den Alleingang seines Sohnes ärgern sollte. Ganz kurz überlegte er sich, ob er zur Standpauke ansetzen sollte, entschied sich dann aber dagegen. Schliesslich legte er seinen Arm um Sams Schulter, blickte die anderen MounTeens anerkennend an und sagte lächelnd: »Ich bin stolz auf euch!«

ENDE